借金少年の成り上がり

『万能通貨』スキルで
どんなものでも楽々ゲット！

猫丸

Illustration 狐印

JN202593

目次

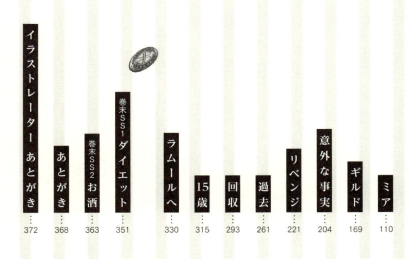

借金

トントントントン……

いつものように、朝を告げる音で僕は目を覚ます。その音はおかーさんが朝ご飯を作ってる音だ。包丁がまな板に当たる音。

それに続いて、何かを炒める音が聞こえてきたかと思うと、バターの香りが室内を満たした。

まだ霞む目を擦《こす》りながら窓の外を見ると、おとーさんが木刀でブンブンと素振りをしている。おとーさんの引き締まった体には汗が滲んで太陽の光でキラキラと輝いていた。

そんな姿を素直に格好良いと思う。

僕の自慢のおとーさん。

僕は一つ伸びをすると、眠気で視界がぼやけたままベッドから抜け出し、おかーさんのところへ向かう。

「おはよう……おかーさん」

次の料理をしていたおかーさんはその手を止めて、僕のほうを振り返ると、優しい声で顔を洗うように言ってきた。

「は～い」

欠伸をしながら返事をして、洗面台でジャバジャバと顔を洗っていると、いつの間にかおとーさんも素振りから戻ってきていた。

「おとーさんおとーさん！　今日はお仕事休みなんでしょ？　どこか行こうよ！　剣術も教えて欲しいな！」

そう言うとおとーさんは、僕の頭を大きな手で撫でてくれた。いつも剣を握ってて、ごつごつとしてるけど、とても温かいこの手が僕は好きだ。


おとーさんに剣術のことをしつこく聞くと、おとーさんは嫌な顔一つしないで全部答えてくれた。

そんなことをしてるうちにご飯ができたみたいで、おかーさんが僕たちを呼んでくれる。

僕はそんなおかーさんも大好き。

優しいし、ご飯もおいしいし、風邪の時はずっと傍《そば》で手を握ってくれていた。


ご飯が終わって、おとーさんの手を引いて近所の原っぱに行くと、剣術の特訓をつけてもらった。

一生懸命練習してたら、いつの間にかおかーさんも来てくれたみたいで、おかーさんも木刀を握っておとーさんと模擬戦を見せてくれた。

やっぱりおとーさんとおかーさんは凄い！　僕なんかよりも遥かに強い、高レベルのスキル同士のつばぜり合いに僕は唾を飲み込む。

「僕ね！　大きくなったら冒険者になりたい！　そしたらおとーさんとおかーさんを怖い魔物から守ってあげるんだ！」

僕がそう言うとおとーさんとおかーさんは嬉しそうに笑顔を見せてくれた。

「でもやっぱりすごいや、おとーさんとおかーさんは……やっぱりいらなかったかなあ、コレ」

僕はポケットに手を突っ込むと、そこに潜ませていた石を取り出して、おとーさんとおかーさんに見せた。

その綺麗な石を見たおとーさんとおかーさんは、不思議そうな顔をして、しばらく見つめ合った。

「えっとね、おとーさんとおかーさんが怪我とかしないようにっておまもりをつくったんだ。でも、おとーさんとおかーさんはとっても強いからいらないよね……」

僕が自信なさそうに言うと、おとーさんとおかーさんは……

◇◇◇

「久しぶりだなぁ、親なし」

うげ……と、自分の顔がしかめられるのが分かった。

ここギムルの街で俺のことをそう呼ぶのはあいつらだけだ。

「なんか言えよ、ビビってるのか？」

リーダー格の一人がずかずかとこちらに近付いてくる。取り巻きのやつらもニタニタと見下すようにこちらを見て近付いてくる。

「ルボラ君、あいつ完全に怯《おび》えてるよ！」

「おしっこ漏らしちゃうんじゃねえの？」

そんなわけはない。後ろから野次を飛ばすだけなのに好き勝手言いやがって。

だけど言い返さない俺も俺だな……自分の弱さが惨めだ。

「おいおい、何だよその目は、今なら土下座で許してやるぜ？」

この目は生まれつきだほっとけ。

ルボラは俺より少しだけ年上だ。

そのため体格もよくて、厄介なことに喧嘩っ早い。そして、非常に迷惑だがその矛先は俺に向けられることがほとんどだ。

「ごめん、今急いでるんだ」

こういう時は逃げるに限る。

と、思って背を向けるのだがそれがいけなかった。

後ろから蹴りを入れられて、俺は地面に前のめりに倒れ込む。勢い任せに攻撃されたせいで顔を打ち付けた。額から血がにじむ。

「ぐっ……」

ルボラはくくっと機嫌良さげに笑うと俺を引きずって路地裏へ入った。人のいない薄暗い細道。

何とか抵抗しようとしたけど思った以上に力が強く逃げられない。

「ははは っ、こりゃ凄いな、分かるか？　昨日身体能力強化のスキルがレベル2になったんだ」

ああ、なるほど。ようするに自慢したかったのと、スキルの実験台がほしかったんだな。

わざわざ俺のことを探して。

俺には後ろ盾がなく、ターゲットにしやすいから。

「親なしは丁度いいサンドバッグだね」

ちなみに子供でレベル2のスキル持ちはそこそこ珍しい。

大人でもスキルのレベルを2に上げるのは年単位の訓練と時間が必要になる。

「すっげー！　僕レベル2のスキルなんて持ってないよ！」

取り巻きの一人……たしか、ロッゾだっけ？　後ろで自慢気にしている。

ルボラの威に隠れてるだけのくせに。

「くくっ、当たり前だろ？　僕のパパはDランクだからな、やっぱり才能ってやつかな？」

お腹を殴られる。ぐうっと小さく呻《うめ》く。

ご丁寧に見た目で分からないように顔は攻撃してこない。

ごほっごほっとせき込みながら、頭が勝手に現実逃避をする。無意識にたたらを踏んだ。

才能か……悔しいけど本当にその通りなんだろう。俺はレベル2のスキルなんて持ってないからな。

「親なしは哀れだなあ？　親がいないから――――おい、なんだよその目はっ！」

だからこの目は生まれつきだこの野郎。難癖つけやがって。

しばらく無抵抗に殴られる。正確に言えば抵抗したけど意味がなかった。

多勢に無勢。

体格や筋力差もあるだろうけど、やはりスキルのレベル2が大きすぎた。

骨が軋《きし》み、内臓が悲鳴を上げるような一撃。

ちょっと、これはほんとに洒落にならないぞ。

「雑魚は黙って殴られてればいいんだよっ！　なんで！　逆らって！　るん！　だっ！」

◇　◇　◇

ルボラは気が済むまで殴った後、唾を吐きかけてどこかへ去っていった。ズタボロにされた俺は地面に伏したまま放置される。

「痛っ……くそ、ちょっとは手加減しろっての……」

体は痣《あざ》だらけだ。痛みで立ち上がるのが精一杯。

あいつらに見つからないようにいつもとは違う道を通ったというのに運がない。

地面に体を大の字に投げ出しながら、空を見上げる。

にしてもスキルか……そこだけは素直に羨ましい。

しかもあの歳でレベル２って……

才能って言ってたな。俺だって頑張って剣を振ってるけど無駄なのだろうか。……たぶん、無駄なんだろう。

スキルの取得は才能に大きく左右される。だから、レベルが上がらないということはそういうことなんだ。

——親なし。

「親なし、か……」

俺には親がいない。少し前まではいたけど今はいないのだ。

捨てられたのか、どこかで野垂れ死んでるのか……何にせよこの歳で親がいないなんてロクなものじゃない。

胸が痛かった。咄嗟に胸を押さえるけど痛みは引かない。肺が悲鳴を上げるから、俺は荒々しく呼吸をする。

「くそ……」

ふと、呟《つぶや》く。悔しさからか、寂しさからか。

今自分の感じている感情から逃げるために悪態を吐《つ》いた。

親なしと言われた時の感情はいつまでも自分を蝕むように続く。

その無情で、惨めな自分が恨めしい。どうして、こんなことになってしまったんだ。

◇　◇　◇

目を覚ました俺が最初に感じたのは鈍い痛みだった。体が軋んで、上手く動けない。

「いてて……っ」

起き上がると殴られた体の痣がズキズキと痛む。

痛みが親なしと言われた時のことを嫌でも意識させる。

何も言わず、ある日消えた両親。

俺には理由が分からず、最初は何かの間違いだと思った。

帰らない両親に何かあったんじゃないかと心配もした。けど――

俺は両親が姿を消した理由を嫌でも理解することとなる。突然、家にやってきた男の言葉によって。


「ベルハルトさんには負債があります」

「は？」

テーブルを挟んで見知らぬ男が向かい合う。

片方は俺、もう片方は青いダボッとしたズボンと白いチュニックの上に金糸で刺繍が入った臙脂《えんじ》色のベストを羽織った整った身なりの男。

俺は今聞いた言葉が何かの間違いではないかと思い、目の前の男に聞き返す。

「え～と、ガルムさん……でしたっけ？　何かの間違いじゃないんですか？　人違いとか」

「いえ、あなたのご両親は確かに５００万Ｇ《ゴールド》を借りています」

「５００……万？」

５００万Ｇは大金だ。

平民の家族が１か月に消費する金額が20万Ｇくらいだと言えば分かるだろうか。

何のためにわざわざそんな大金を借りたのかは分からないけど、普通に暮らしていたらそんな金額が必要になるわけがない。

「今はいくらになってるんですか？」

「２４０万です、最初の３年間はお支払いをされていたようですが、１年前から支払いがなくなったので本日催促に来させていただきました」

１年前……両親が蒸発した時期と一致する。

確認のために借用書を見せてもらった。俺の見た限りでは正式なもので、両親の名も明記されている。

蒸発したのには何か理由があったんじゃないかと、思っていた。正確にはそう思いたかったのかもしれない。

ひょっこり帰ってきて、また平穏な生活を送れるんじゃないかと希望を持っていたから。

「くそっ!!」

それが、借金だと！

なんだよそれ、心配してた俺が馬鹿みたいじゃないか！　怒りと落胆が同時に俺を襲い、ひどく暗い気持ちになる。

俺は両親がいなくなった直後に、生活費を得るために何か売れるものはないかと思い、家中を調べた。

その結果、高価なものが根こそぎなくなっていることが分かった。

両親は借金を俺に押し付けて逃げたのだろう。それがあれば借金を返済できていたであろう我が家の金品。それらを一切残さずに、俺に押し付けたんだ。

いなくなった両親に、未払いの借金。

「失礼ですが、ベルハルトさんのお歳は？」

「……13です。もう少しで14になります」

まとまらない頭で、放心しながらもなんとかガルムさんの話を聞く。

「その年齢ですと、支払いは厳しいでしょう。こちらとしても困るので、ベルハルトさんが成人する15歳まではお支払いをお待ちします」

確かにこの年齢でこの身なりだと雇ってくれるところはないだろう。すでに経験済みだ。

風呂には入っていたけど、毎日外で薬草や木の実なんかを探しているため服はボロボロだ。

衣服を買う余裕なんてほとんどなかったから、格好はみすぼらしいものになっている。

頼れる知人でもいればいいけど、生憎《あいにく》この辺りには俺以外に住んでる人間はいない。

俺はその状況を理解し否応なしにコクリと頷《うなず》きを返す。

「しかし、そうなりますと今から約1年間此方《こちら》にお金が一切入ってこないということになります。

なのでベルハルトさんにはその後の返済を1年という短期間で済ませていただくことになります」

今から払い始めるか、待ってもらってから短期間中に全額払うか……金のない俺に選択肢はない。

問題を先延ばしにしてるだけかもしれないけど、この申し出を受けるしかないだろう。

「500万を借りて利子は100万Gです。最終的には600万Gを返すという契約でした」

頷き返すとガルムさんは続けた。

「残りは240万Gなので1年で支払いを済ませるとなると一月で20万Gを払ってもらうことになります」

軽く計算したけどおかしいところはない。問題はその金額をどうやって稼ぐかだ。

「それではこちらの借用書に改めてベルハルトさんの名前を記入してください」

借用書も一通り見て問題がないことを確認する。

払えなかった場合は奴隷になるしかないらしい。

陰鬱とした気分になりながらも、従うしかない俺は渋々、借用書に名前を書いた。

◇◇◇

ガルムさんが帰ってからも、しばらく何もする気が起きなかった。暗い未来に対して、呆然とするしかなかった。

気分を変えようと家の外に出て風に当たった。沈んでいく夕日を眺めているうちに心は落ち着くものの、解決策は思いつかなかった。

いつまでもこうしてはいられない。払えなくなったら奴隷落ちだ。

この1年で少しでも多くのGを稼ぐ必要がある。なんか良いアイデアはないだろうか。

「鑑定」

俺はスキルを使って自分の能力を閲覧した。

鑑定はレアスキルだ。俺の鑑定のランクは（1）ではあるが、それでも自分のスキルを見るだけなら問題はない。

ベルハルト
スキル　剣術（1）
　　　　鑑定（1）

俺の覚えてるスキルはこの二つだ。

いつか父に教えてもらって習得した剣術スキル。今時1、2年鍛えたらほとんどの人間は覚えられる程度のものだ。

けど父に褒められたことが自慢だった。

このスキルを習得した時は本当に飛び上がるほど喜んだ。だけど……今は見たくもない。

俺は忌々しいそのスキルを視界から外すように、ステータスを閉じた。

◇◇◇

「調理スキルで下味をつけた朱鳥の鉄板焼きだよー！　使った香辛料は南方の珍味！　なんと一つ400G！　お買い得だよー！」

「おっちゃん、一つ頂戴！」

「あいよー！」

色とりどりのテントの間に舗装された道路が続き、馬車や客の呼び込みや話し声なんかで騒がしい大通りを、人々が忙しなく行き交っている。

借金のことを知って1か月。

様々な人たちで活気づく街の中を俺は早足で歩いた。ルボラのやつに見つからないためというのもあるが、それ以上に俺は切羽詰まっていたからだ。

「お、そこの坊主！　だいぶ服が傷んでるけど直していかないか？」

「いえ、すみません急いでいるので」

客引きを断り、人ごみの中をすり抜ける。

後ろから舌打ちが聞こえたけど、それもすぐに街の人たちの生活の音に呑まれていった。

それから目当ての場所を目指してオレンジのテントを越え、青に、赤……

「ここだ」

俺は目的のテントに滑り込むと、背負った籠を下ろし、店員に差し出した。

籠の中には森で集めた薬草の束が入っている。

店主は俺の顔を見ると、少し顔をしかめて渋々といった様子で薬草の買取を始めた。

「どれも質が悪いな。全部で５００Ｇだ」

籠をいちべつしただけで、低い声でそう伝えてくる。質が悪いって……ほとんど見てもいないだろ。

そう思ったものの、ここで売らないわけにはいかなかったので、喉元まで出た言葉を呑み込み、投げ捨てるように雑に置かれた銅貨を受け取った。

「いらっしゃい！　おい、客が来たからどっかいけ！」

別の客を迎え入れる声。その声は明らかに俺に対するものとはトーンが違っていた。俺も一応客なんだけどな……けど追い返されないだけましか。

他の店では、見た目がどうとかで入れてすらもらえなかった。

確かにどこにでもある薬草を売るだけで、何も買わない俺は邪魔なのかもしれない。

売り始めた頃はまだ対応が良かったけど、俺に何かを買う余裕がないと分かった途端、あっさり態度を変えられた。

「ありがとうございました」

それでもせめてもの礼儀として頭を下げる。

薬草は一つ10Gくらいだ。

物によっては15~20Gにもなったりするけど、それらを合わせても儲けは微々たるもの。街に来る時間も考慮すると、それほど多くも採取できない。

安い露店で僅かな食料を購入すると手元にはほとんど残らない量だ。

「20G……か」

2枚の鉄貨と食材を手に持ちながらこれからのことを考える。

仮に毎日の稼ぎがこれと同じだとすると、毎日20Gずつ増えていくとして……元々貯蓄していた分を合わせても2万Gちょっとくらいだろう。

どう考えても足りない……どこかで働くことも考えたけど、俺みたいな薄汚い未成年を雇ってくれるところは少ない。何もかもが手詰まりだ。

そして、何より俺のスキルはそういったお金を稼ぐことには向いていないものばかりだ。

当たり前だ。剣がほんの少し速く振れて何になるというのだろう。

まあ高レベルなら冒険者として引っ張りだこなんだろうけど、生憎俺のレベルは1。

肉体労働に向いてると言えば……身体能力強化とかだろうか?

使える場面も多いし、冒険者に憧れているらしいルボラにはまさに都合の良いスキルなんだと思う。嫌な奴だけどあの才能に関しては羨ましい。

「もう一度どこか探してみるか……？　この際日雇いのところでもいいし……」

ブツブツと呟きながら物思いにふける。

ドンッ！

「――っ、す、すみません」

考え事をしていたため、周りが見えておらず、通行人とぶつかってしまう。腕が軽く触れた程度だったけど、こちらの不注意だったので、謝っておく。

「おう、気を付けろよ坊主」

幸い、気の良い人で特に何かをされることもなかった。冒険者の中には気質の荒い人も多いから、内心怖かった。

(考え事するのは家に帰ってからにしよう……)

いつの間にか、気づけば街の出口まで来ていた。木製の頑丈な門を越えると、そこはもう街の外だ。

街を出てからも焦りからか早足になる。

がさっ
「……っ！」

ギムルの街を出てしばらく歩くと、近くの茂みが揺れた。

咄嗟に警戒するけど、そこから出てきたのはスライムと呼ばれる最弱の魔物だった。

「スライムか」

危険な魔物じゃなかったことに安堵する。

この辺りは魔物が少なく、特に俺の家と街の間ではほとんど出現しない。そのため、俺でも倒せるくらいの弱い魔物でも遭遇できるのは本当に珍しい。

だからこそ、俺のような子供が一人でも暮らしていけるのだけど。

魔物の素材を集めることができないという点では、引っ越しを考えたほうがいいのかとも悩んだりする。

(そういえばまだ親と一緒に暮らしてた頃、街の近くから一度引っ越ししたんだよな……ハァ、余計なことを……)

魔物が出ないのは魅力的かもしれないけど、今の状況では街から離れてることはマイナスにしかならない。

薬草を街まで売りに行くのが大変だというのもあったけど、魔物の素材を手に入れられないことが今の俺にとっては致命的だ。

「っと」

スライムを倒して、魔核を取り出す。

魔核とは魔物の中に存在する丸い石のようなものだ。普通の動物と魔物の違いはこの魔核があるかどうかだ。

「スライムの魔核は……300Gくらいだったかな」

スライムの魔核は安いものだったけど、それでもうれしい収入だ。俺は魔核をポケットにしまうと、家に向かう。

「ただいま」

誰もいないのにこれを言ってしまうのはなんでだろうな。

もしかしたら両親がひょっこり帰ってきて、俺のことを出迎えてくれるんじゃないかと、心のどこかで期待しているのかもしれない。

……そんなことあるわけないのにな。

今更、帰ってこられても、俺はどう反応すればいいんだろうか。

◇◇◇

薬草を採取して、ギムルの街に行って売る。食材を買って、余った分を貯金に回す。

そんな日々を繰り返していたある日のこと。

俺はいつもと違う場所ならば薬草を適正価格で買ってくれるんじゃないかと思って、富裕層が暮らす住宅地の近くの大通りに来ていた。

さすがにこの辺りは身なりが良い人が多い。悪目立ちしているかもしれない。

「ぐッう……ッ!?」

そんなことを考えながら通りの端を歩いていると、すれ違いざまに突然みぞおちを殴られ、わけもわからず膝をついて、せき込んだ。

「ごほっ、ごほっ！」

「汚いな……」

見上げると、貴族らしき格好をした若い男が手をハンカチで拭いていた。

人のことをいきなり殴っておきながら開口一番に「汚い」と吐き捨てるなんて。

「なんだその目は？」

また容赦なく殴られる。

「ぐっ……」

口の中に鉄の味が広がり、鼻血も止まらない。唇に伝う血を拭《ぬぐ》う。

「レイオス様、ここでは人目が……」

付き人らしき初老の男が注意するけど、それは俺の身を案じてのことではないと分かる。

確かにいくら貴族だとしても、俺は一方的に被害を受けたんだし、見つかれば衛兵に何らかの注意を受けるだろう。

「それなら心配いらないよ」

貴族の男は、周囲の通行人たち全員に聞こえるほどの大声でこう言った。

「おい！　ぶつかってきたうえに謝りもしないとはどういうことだ!?」

何を言っているのか分からなかった。いきなり殴ってきたのは向こうで、こっちは被害者だ。

一部始終を見ていた人だっているはずだ。周りに聞けばどっちが正しいかなんて……

「――――っ！」

だが周囲から俺に注がれる視線は冷たいものだった。

なんだよ……見てただろ!?　どっちが被害者かなんて一目瞭然のはずだ。

「一言ごめんなさいと言えば許してやろう」

「な、なんでそんなこと……っ!?」

地面にうずくまる俺は頭を踏みつけられ、怒りで頭に血が上った。

けど……

「……ごめん、なさい」

俺は気づけば謝っていた。何も悪くないはずなのに。

結局は俺も周囲の人間たちと同じなんだ。

〝わざわざ貴族に逆らうなんて馬鹿みたいなことはしたくない〟

だから、俺は何も言えなかった。言うことができなかった。

歯を食いしばるほど悔しくても、握りしめた震える手のひらから血が流れても。

俺は何もできなかった。

◇　◇　◇

それからさらに一か月が経った。

薬草を売る日々が続き、稀に遭遇するスライムの魔核を冒険者ギルドで買い取ってもらっている。

冒険者になりたかったけど、成人してない人間はなれない決まりだ。

さらに言うと、ある程度以上の借金がある人間はいつ死ぬかも分からないため、冒険者になることはできない。

一度登録できないか聞いてみたけど、盛大に馬鹿にされた。

「てめえみてえなガキの来るところじゃねえんだよ！」

罵声を浴びせられたうえ、殴られた……痛かったな。

俺って、殴られやすい顔をしているのかな。

他の冒険者たちは俺のことを気にも留めない。あの時、殴ってきた貴族と同じだ。

『あそこの魔物を強かったけど倒せた』とか、『レベル３のスキルを取得できた』とか自慢話ばかりだ。

レベル３のスキルはちょっとだけ羨ましかった。

最高位の冒険者は最高レベルである５のスキルをいくつも持っていると聞いたことがある。

本当かどうかも分からないことに嫉妬する自分が惨めだった。俺には無縁の話だから……

（僕が冒険者になって守ってあげる……か）

いつか両親と交わした言葉。今となっては守れるはずもない約束だ。

もしかしたら両親は才能のない俺が嫌になって逃げたのかもしれないな。

一度殴られて以来、今でも買取してもらう時に冒険者からからかわれる。

冒険者のイメージが壊れていく。彼らはもっと格好良いものだと思ってた。

「１７００Ｇ、か」

これが貯蓄を除いた俺の稼ぎのすべてだ。

間に合わない……このままだとどう足掻いても奴隷落ちだ。

俺の鑑定レベルがせめて３だったら、他人のステータスも閲覧できるんだけどな。

そうなったら鑑定士になれるんだけど……１だと自分のスキルしか見ることができない。

剣術スキルにしたってそうだ。レベル１なんて俺の身体能力で使ってもゴブリンクラスの魔物にだって相手にされず、殺されるだろう。

「いっそ、スキルのレベルを上げてみるか……？」

いや、ダメだ。

スキルとは経験の結晶みたいなものだ。経験を積み重ねることでスキルは成長する。

そして、スキルは年単位……下手すると数十年の経験を糧にレベルを上げる。

一回に手に入る経験、要領の良さも大きく関わってくる。

人間だって産まれた直後は歩くことすらできない。何度も他者を真似して、動きを繰り返す。そうして歩けるようになるまでの時間には個人差がある。

それが才能だ。

俺のこの剣術スキルだってそうだ。１年で覚える者もいれば、10年かけて習得する者もいる。

スキルのレベルは５が最大だ。スキルはレベルが上がるほど、才能に左右されるようになる。

１～３は凡人クラス。４、５で天才の領域だと思ってもらえればいいだろう。

たとえ一つだけだったとしても、レベル4のスキルがあれば騎士になれるし、5なんてあったら王国の近衛騎士になることもできる。

真偽は不明だけど、Sランク冒険者なんていう存在は5を複数持っているとか……たぶん嘘だと思う。5を目指すよりは、取得しやすい1や2の低いレベルのスキルを複数持った方が効率が良いというのが共通認識だ。

そりゃレベルの高いスキルは強いけど、いつ習得できるかどうかも分からないのに努力し続けても無意味だろう。

俺も子供の頃はSランク冒険者ってやつを至極真面目に目指していたし、なれると信じてもいた。レベル5のスキルを使ってドラゴンを倒すことを想像したり……だけど理想通りにはいかないのが人生だよな。

剣術スキルの（1）を持つ俺は凡人の中でも下の方だ。レベル1が二つ……はっきり言うと底辺だ。ないよりはマシだけど、それでもやっぱり現実を突きつけられるようで悔しい。

スキルは才能と努力の値をこの世界の神様が管理しやすく数値化したものだと言われている。分かりやすい差別化だ。神様はいい性格をしている。きっと俺みたいな人間を見て嘲笑っているんだろう。

レベルを上げたくても、そんな時間はないし、生活費を稼がないとその日食べていくこともできない。

焦るばかりで、問題は一向に解決しない。最悪だ。

万能通貨

そんな頃だった……偶然冒険者たちの話を耳にしたのは。

「なあ、隠し財宝の噂って知ってるか？」

隠し財宝……？　その言葉が妙に気になった。

「あ、あの！」

気付けば俺は声をかけていた。突然、声をかけられたため、冒険者らしき二人は驚いて俺に目を向ける。

一人は茶色っぽい鎧を纏い、髭をきれいに整えていて、もう一人は銀色の鎖かたびらを身に纏い、頭には頭巾のようなものをかぶっていた。

「ん？　なんだ坊主？」

俺の問いかけに答えたのは茶色のほうで、よく見ると以前に街でぶつかった人だった。

向こうは俺のことを覚えてはいないみたいだったけど、そんなに怖くない人ということで少し安心した。

「さっきの話詳しく聞かせてもらえないでしょうか？」

冒険者はみすぼらしい俺に対して、嫌な顔一つせずに答えてくれた。

聞けば、この街の近くの山奥に財宝が眠ってるとか。

凶悪な魔物がそれを守ってるとも、それに挑戦した人間が何人も行方不明になってるとか、巨大な影を見たとか……あ、怪しい……胡散《うさん》臭すぎる……

他にも体を食いちぎられた冒険者の武器や金品を含めた持ち物が奪われた亡骸が見つかっているらしい。

これに関しては事実らしい。

盗賊の仕業かとも思われ一度冒険者たちによる盗賊の討伐隊が組まれたらしいけど見つからなかったらしい。

それに食い千切られたような跡のことは結局分からなかったとか。

ちょっと怖いな。

危険はありそうだ……そのせいで今では誰も近付かないらしい……けど、噂が本当なら一発逆転もある。

「何だ坊主？　探そうって思ってんのか？」

頭の中で、財宝を手にし、借金を完済するところを想像していた。捕らぬ狸の皮算用ってやつか。

自分の中で覚悟を決める。これに賭けるしかない。

「やめとけ、話した俺が言うのもなんだが、絶対嘘だと思うぜ？　誰かが酒の席でした作り話だよ」

「分かってます……でも……」

このままだとどうせ奴隷になるだけ。分が悪くても財宝に賭けるしかない。

「命あってこそだろ？　金なんかよりもな」

だけど、男は諭してくる。金よりも命だと。

俺は無性にイラついた。こっちの事情を何も知らないくせに。

「ほら、これやるからなんか美味いもんでも食えよ」

よほど俺がみすぼらしく、物欲しそうに見えたのか銀貨を数枚投げて渡される。

渡されたお金はこの一か月間の俺の稼ぎの全てを上回っていた。

同情……それは今の自分には何よりの侮辱だった。

悔しかったし、怒りたかった、怒鳴り散らしたかった。

だけど、何よりも……咄嗟にそのお金を受け取った自分に腹が立った――

◇　◇　◇

「ぶはははっ！　お、親なしがなんか言ってるぞ！」

「ざ、財宝って、あははは!!」

またか……と辟易する。絡まれたのがめんどくさくて口を滑らせた俺も俺だけど。

「くくく、見つけたら教えてくれよっ」

笑うだけ笑われて俺はその声に背を向けた。くそ……反論できない自分が悔しい。

そうして俺は、いつも薬草集めをしている場所とは別の山に来ていた。

いつもは小さい山の麓までしか行かないけど、この山は非常に面積が広い。

知らない場所という不安を振り払うように大きく一歩を踏み出した。

「どうせこのままじゃジリ貧だしな……」

死ぬのは怖いし、恐ろしい。

だけどあの冒険者の言うことを素直に聞くつもりはない。

これは意地だ。ちっぽけな子供の意地。

「絶対見つけてやる……」

俺はそう覚悟を決めると、所々刃こぼれしている鉄の剣をぶら下げて山へ入って行く。

そこは薄暗く、いびつな木々がひしめき合っている。足元には見たこともない植物が生え、ツタのようなものが足に絡まり歩くことも困難だ。

「何も出ないいな」

幸いというか、魔物の姿は見当たらない。少し拍子抜けだ……それに越したことはないが。

けど、歩き始めたはいいものの、明確な目的があるわけではなかった。こういう時はどこを探せばいいのだろう。

「何も考えてなかった……」

俺は馬鹿なのかな？　……考えたらなんだか情けなくなってきた。

地味に薬草なんか採取して日銭を稼ぐことしかできないし。

けど、何の情報もないとどこに行くべきかも分からない……考えが甘かった。

「まあ、今日は様子見だしな」

正直なところ、一日で見つかるとは思ってない。今日ここに来たのは、山の中にどんな魔物がいるのか山道は自分でも進めるのかを調べるためだ。

要するに下調べだ。

幸い、悔しいけど銀貨を受け取ってしまったので、何日分かの生活費はある。薬草集めをしなくてもしばらくは大丈夫だ。

「――――ッ！」

考え込んでいたところに、突然草が擦れる音が聞こえ、俺は身を硬直させる。

震える体で、恐る恐る音のした方向を見ると……草の隙間からゆっくりと姿を現したのは、ただのスライムだった。

「……びっくりした」

スライムは移動速度が遅い。離れていれば攻撃してくることもないため、比較的安全な魔物だ。

ここでスライム以外の魔物と遭遇していたら、俺はどうすることもできなかった。

運がいい。

スライムの魔核だけはもらっておこう。

俺は剣を抜いてスライムと対峙する。剣を軽く構え振り抜こうとした瞬間――――

「え」

それと目が合った。

遠くからこちらをうかがっている緑の体色をした魔物。

オーク。

その体は巨大で身長は２ｍ以上もあり、体は筋肉で覆われている。ボロボロの腰布を身に着け、巨大な棍棒を振るう原始的な魔物。

オークはこちらを認識するとニタリと笑みを浮かべ突進してくる。

「くそっ！」

俺は剣を引っ込め、スライムも素通りして一目散に逃げだす。俺の剣術スキルでは到底かなう相手ではない。

戦おうとすら思えない。怖い。

理屈じゃない、それは理性ではどうにもできない感情だ。

オークは確かＤランク。無理だ、絶対に勝てない。

ゴブリンクラスなら偶然が重なれば勝てる可能性もあった。

けど、オークとなるとそうもいかない。まさかオークが出る森だったなんて予想外だった。

完全に高を括《くく》って油断してた。

走りながら後ろを振り返る。オークは相変わらず俺を追いかけてきていた。

数は１匹だけど、逆にそれが恐ろしい。

もしかしたらどこかに他のオークがいて自分を待ち伏せしてるかもしれない。

「はっ、はっ、はっ」

息が苦しい。だけど、止まるわけにはいかない。

薬草だけ集めていてもいずれ奴隷になる。なら、ここは死に物狂いで命を張るしかない。

そう考えた俺は、街と逆方向に逃げていた。転びそうになりながら、ふらつきながら……ただひたすらに。

「ハァハァ……」

もう一度後ろを振り返ると距離が少し離れていた。この障害物だらけの道が、あの巨体の速さを殺しているようだ。

こちらは小回りを利用しながらわざと視界の悪い方へ進んでいく。

よし、このままなら逃げ切れる……そう思った時だった。

「GIIIIIIIIIIIIっ!!」

オークは耳障りな声を上げると、手に持っていた棍棒をこちらに投げてきた。

「くっ、そ……！」

体を捻《ひね》って何とか躱《かわ》す。棍棒は俺の真横をかすめて落下した。これが直撃していたら死んでいたかもしれない。

緊張で吐きそうになるが、どうにか堪《こら》える。後ろを見ていなかったら避けられなかった……ひやりとしながらも転ばないように体勢を整えようとする。

「————」

前に視線を戻した時、そこに地面はなかった。

「え？」

間抜けな悲鳴を上げながら、そのまま俺は崖の底へと転がり落ちていった————

◇　◇　◇

傾斜と呼ぶにはあまりに急な斜面を転がるように落ちていく。

「がっ、ぐっ!?」

石にぶつかり、立木に腕を打ち付け、顔面を強打し。

時間にしたらそんなに長くはなかったのかもしれない。けど、俺にとってはその落ちていく時間がやけに長く感じられた。

最後に俺の体は物凄い衝撃と共に地面に打ち付けられる。

「痛ぇ……！」

痛む体を押して見上げてみると、体感より、高さはなかった。

幸い周囲に魔物の気配はない。身を隠すのなら今だ。

けど……

「ぐっ……!?」

足を動かそうとすると激痛が走る。痛みは全身を走り体中が悲鳴を上げている。

「折れ、てる……」

左腕は不自然な方向を向いてしまっていて、明らかに折れていた。右腕だけは唯一自由に動かせた……けど、当然右腕だけではこの場からは動けない。

俺にとって絶望的なことはそれだけじゃなかった。

方向を気にせず走ってきたことと、高いところから落ちたせいでこの場所がどこなのか分からなくなっていた。

「ここ、どこだよ……」

血の気が引いた。ここがどこだか全く分からない。それにいつ魔物が出てくるとも限らない。

そんな場所で俺は動けなくなってしまった。

幸いさっきのオークはここまでは追ってきてはいなかった。

「薬草、は……」

ない。落下の途中でどこかへ落としてしまったようだ。

ポケットの中を探ってみると……数枚の銀貨と銅貨が入っていた。

剣は……あった、近くに落ちている。だけど、怪我をして片腕の折れた状態で剣を振れるとも思えない。

あれ、もしかして……これやばい？

今まで感じたことのない危機感が頭の中で大音量の警鐘を鳴らす。

鮮明すぎる死の予感が脳裏をよぎる。野垂れ死ぬ自分の姿が克明に浮かぶ。

「くそ……」

俺……死ぬのかな……なんて意味のない惨めな人生を送ったまま、死んでしまうのか。

悔しさで唇を嚙み締めると、ポロポロと悔し涙がこぼれていった。

◇◇◇

あれから半日が過ぎた。俺はまだ生きていた。

「…………」

魔物に見つからなかったのは奇跡に近いだろう。

だけど、それも時間の問題……空が赤みを増し、日も暮れ始めた。

「……なんでこんなことになったんだっけ」

動けない体では、何もすることができない。

強打した部分も膨らみ、腫れてきた。

幸い、時間が経つにつれ痛みの感覚は薄くなってきている。

死を覚悟しながら、次第に俺は今までのことを思い返し始めた。

訳も分からず押し付けられた借金。

「親なし」と蔑み、苛《いじ》めてくるルボラたち。

馬鹿にしてくる冒険者。

侮蔑の目で見てくる街の人間。

汚いという理由だけで殴ってきた貴族。

そして――――俺を捨てた両親。

「ふざ、けるな……」

涙が溢れてきたけど、拭う気力すらない。体力も底をついている。

そんなもののせいで俺は捨てられたのか。命よりもお金が大事なのか。

「金……か」

「なんでだよ……父さん、母さん……」

俺よりお金が大事だったのかよ？

「あんなに、楽しかったじゃんかよ……」

俺だけだったのか……幸せだと思っていたのは。

ずっと続くと思ってたのは……二人にとって、俺と過ごした日々はその程度のものだったのか？

仮初の幸せなんて、こんなにもちっぽけなことだったのか。

お腹がグウと鳴り、空腹感が支配し始めた。そういえばここ最近まともなものを食べてなかった。

それも金があれば解決するんだよな……

金があれば学校にも通えた。美味いものも食えた。まともな生活ができた。

捨てられなかったら、こんなことにはならなかったはずだ。

今までに感じたことのない強い感情がふつふつと腹の底から湧いてくる。

「くははっ」

俺の顔になぜか笑みがこぼれる。なんで笑ったのか自分でも分からなった。

それは不思議な感情だった。

なぜだろう？

それは、自分を捨てた両親への怒りでも、空腹を満たしてくれる食べ物への渇望でも、俺を馬鹿にしたやつらへの憤りでもなかった。

「……欲しいなあ」

と思わず呟いたものの、何が欲しいのか俺にも分からない。

頭が妙にふわふわする。落ちる時に頭を打ったからだろうか。傷と空腹で頭が混乱しているのかもしれない。

自分でもよく分からないけど、その欲しいものはお金があれば……手に入ったんだろうか？　きっと手に入ったに違いない。

服も、食べ物も、愛情も……そして、幸せも。

こんな目に遭うこともなかった。

死を前にしてこんなことを考えても何の役にも立たないことは分かっている。だけど、止まらない。

お金があれば助かるかもしれないのに、とその想いばかりが頭をめぐる。

死にかけて精神状態がおかしくなっているのかもしれない。頭の中がごちゃごちゃしてて、感情が抑えきれなかった。止めどなく溢れてくる様々な感情と、今までの人生の切れ端のような記憶の数々……。急に痛みが遠のいて、あぁ本当に死ぬのかな、そう思い始めた。


その時だった。突然声が聞こえた。

男か女かも分からない中性的で機械的な声だった。

無機質に伝えてくる、それは――


――スキル『万能通貨』を取得しました。


「ははっ、なんか幻聴聞こえた……」

聞いたことのないスキルの取得を知らせる声だった。

◇◇◇

怪我のせいで意識が朦朧《もうろう》としてたこともあって、それは幻聴のように思われた。

だけど、何かが引っかかる。この声は『剣術』スキルを手に入れた時にも聞いた気がする。

「……幻聴、じゃない？」

こんな時にスキルの取得？　どうしてだ？　俺は何もしていない。

スキルのレア度は3つに分類される。

剣術などの大多数のスキルを含めた後天的に得られるコモンスキル。

鑑定などの生まれ持った才能で習得できるかが決まるといわれるレアスキル。

そして、それらに分類されない希少なユニークスキル。

コモンスキルのことは知っている。以前、父にもらったスキル辞典を何度も読んだからな。

レアスキルについては、有名なのをいくつか知っているが、いずれも生まれつき、あるいは才能を持った人間の努力によって取得できるものがほとんどで突然付与されたりはしない。

だけど……

「万能……通貨……？　なんだそりゃ、聞いたことないぞ……レアスキルか……？」

俺は試しに鑑定で自分のスキルを閲覧したが、本来ならばあるはずの数字がない。

ベルハルト
スキル　万能通貨
　　　　剣術（1）
　　　　鑑定（1）

「レベル……なし？」

いよいよ本当に自分の頭がおかしくなったのかと思った。

鑑定したスキルのレベルが表記されないなんて聞いたことがない。一瞬ユニークスキルかとも思った。

神に愛されたもののみが先天的に取得するユニークスキル。

（いや、いくらユニークスキルでもレベルは表記されるよな……それに仮にユニークスキルだったとしても、それを後天的に取得できたなんて話聞いたことないぞ）

俺の鑑定スキルのレベルが高かったら、詳細からレア度が分かるんだけどな……

「ぐっ……！」

試しに使ってみよう。なんにしても今の状況じゃ、頼れるものに頼りたかった。

俺はスキルの使用を頭の中で念じる。すると頭の中に文字が浮かんだ。

実際に目に見えていたわけではないけど、俺にははっきりと分かった。

所持金　『0G』

「所持金……？」

なんだこのスキル。けど、所持金っていったら、これのこと……だよな……？

ポケットから今の全財産である銀貨2枚と銅貨4枚を取り出す。

すると突然手に持っていた硬貨が目の前からふっと消失する。見えない何かにかき消されたかのように……

所持金　『2400G』

なんだこれ……？　硬貨がスキルに吸収されたのか……？

俺には理解できない……財布代わりのスキル？

これだけじゃ何の役にも立たない。さすがにここで財布代わりのスキルとか、泣くぞ。

「……万能通貨……『万能』……なら、何でも買える……とか？　金払ったらこの怪我治してもらえたり……」

ははは、っ。いくらなんでもそれは――

全回復 『100G』

「――――」

思考が一瞬停止した。

頭に浮かんだ文字列の意味が分からない。いや、分かる……分かるには分かる、けど……これって。

頭の中に声が響く。スキル取得の時と同じ声。

『購入しますか？』

喉がカラカラに渇いていく。心臓がバクバクと早鐘を鳴らした。

「……購入する」

そう呟いた瞬間、薄緑色の光が俺の体を包み込み、その光に癒されるかのように痛みが引いていく。

擦過傷が塞がり、折れていたはずの手足の感覚が戻る。

「まじかよ……」

驚いた。いや、驚いたどころじゃない。

なんなんだこのスキル。見たことも聞いたこともない。

お金を消費して回復できるスキル……いや、待て、それだけじゃない。だって……

「万能……」

俺の胸は高鳴っていた。この万能通貨、果たしてどの範囲まで効果があるのか。

「武器……とか」

錆びたナイフ	『100G』
鉄のナイフ	『4000G』
銀のナイフ	『25000G』
ミスリルナイフ	『200000G』
―――――――― etc.	

すると武器のリストがイメージとして描写され、武器は買えるらしいことが分かった。

正直これだけでも信じられないけど、実際怪我が治ったばかりなので受け入れるしかないだろう。

「……高いな」

いや、高いってのは言い方が悪いな。値段自体は適正だ。

普通なんだけどさっきの全回復が１００Ｇだったから高く感じる。

「薬草」

薬草　『50G』

うん、普通。ちょっと高いくらいだ。

けどさっきの全回復は安かったよな……治療院で頼んだら金貨が飛ぶけど……物品は比較的高いのか？

それとも今すぐ手に入ると思えばこんなものだろうか？

「それなら……そうだな、形のないもの……」

ありえないけど……試すのはタダだしな。

そして、俺はその言葉を口にする。絶対にありえないもの。

この世界で購入できてはいけないはずのもの――

「スキル」

頭の中に情報が流れてくる。脳内に文字が走り、カタログが表示された。

剣術（2）	『2000G』
鑑定（2）	『10000G』
体術（1）	『1000G』
錬金術（1）	『1000G』
投擲（1）	『1000G』
短眠（1）	『1000G』
身体能力強化（1）	『1000G』
偽装（1）	『5000G』
―――――――― etc.	

絶句した。

本当にできてしまった。

何度も確認する。しかし、それは間違いなくスキルだった。

この世で絶対の力。努力と才能によってのみ手に入れることのできる能力。そのはず、だった。

「――――は?」

さすがにそれを信じられなかった俺はしばらくその場で固まった。

「スキルを、買えるスキル……?」

なんだそれ……なんだよそれ! こんなの反則なんてレベルじゃない。

世界の理《ことわり》に反するような力だ。

「――っ」

思わず体が震えてしまう。それは不相応な力を手に入れてしまったことへの恐怖か、それとも――


「…………」

落ち着こう。何も分からない今の状態ではとても冷静になれなかった。

もう少し確かめてみよう。もっと具体的な何か……

欲しいもの、今必要なもの……そうだな、地図とかがあればいいんだけど。

「現在地の地図」

地図さえあれば帰ることもできるかもしれない。財宝のことは気になるけど、今はこっちが優先だ。

何より先ほど死にかけたばかり。さっきみたいなオーククラスの魔物が生息する山の中で一晩過ごすのは危険すぎる。

まだまだ分からないことだらけだったけど、それは無事、家に帰れたら考えればいいだろう。

ゴド山の地図　『500G』

500G……今の俺にとっては大金だ。

やや考えた後、俺は別の方法を思いつく。

「現在地から家に帰るのに有用なスキル」……そして出てきたのは。

地図（1）『1000G』

500Gの地図と1000Gのスキル。

「こっちのほうがいいかな……？」

このスキルは確か、使用者を中心とした現在地周辺の地図が表示されるはず。普通の地図だとこの辺りしか分からず、現在地も分からない。

今後のことを考えても、スキルを選んだほうが有用に思えた。

値段の違いも確認でき、納得もいったため、迷うことなくそれを購入する。

——スキル『地図』を取得しました。

「覚えたのか……?」

声は聞こえたけど……なんだかあっさりしすぎている。

ともかく確認してみよう。俺は鑑定スキルを使用した。

ベルハルト
スキル　万能通貨
　　　　剣術（1）
　　　　鑑定（1）
　　　　地図（1）

「ほんとに買えてる……」

あまりに簡単に購入できたことに、俺は驚いた。だけど実際に購入したことで検証もできた。

ありえないことではあるけど——これでスキルの購入も確かに可能だ。

俺は大きく深呼吸をして、気持ちを落ち着かせる。

地図スキルとその前に回復もしてるから、合計１１００G使ったことになる。残りは、１３００G。

あとは、もしも魔物に遭遇した時のために……「魔物から逃げる時に有利になるスキル」

逃亡（1）	『1000G』
体術（1）	『1000G』
身体能力強化（1）	『1000G』
隠密（1）	『1000G』
危機感知（1）	『5000G』
―――――――― etc.	

「結構あるな……この中から1個……いや、待てよ？」

別にスキルである必要はないかもしれない。いざとなれば回復だってできることだし……

「一定時間見えなくなる、とか？」

半信半疑で尋ねてみる。

透明化30分　『100G』

「あった……」

本当になんでも買えるんだな。

改めて万能通貨というスキルの有能さに驚きながらも、それを購入する。

「透明化30分×３で90分だと３００Ｇか……急ぐか、『地図』」

これで手元のお金は半分以上使ってしまったことになるけど、死にかけた身としては四の五の言ってられない。

ここで飢え死に、あるいは魔物に殺されてしまったらそのお金には何の意味もない。

スキルを使用すると目の前に地図が表示された。これは頭の中ではなく、視界的に目の前に現れるらしい。

「えーと、ここが現在地、かな？　方角的には……」

しばらくスキルの地図とにらみ合う。それから、俺は5分ほどで大まかな全体像を把握する。

地図の範囲は……半径1キロってところだろうか？　意外と狭いけどスキルレベル1ならこんなものだろう。

家への方向は……多分こっちだ。不安はあるけど、進まなければ何も始まらない。

「よし、いくか」

立ち上がって手足の動作を確認する。痛みもなく、感覚も今まで通りに感じた。ちゃんと、体が全回復していることに改めて驚きを感じる。

俺は少し早足に歩き出した。走ればまた怪我をするかもしれないし、物音を立てるのも危険だ。

透明化してても、それで見つかっては元も子もないので慎重に移動する。

霧が立ち込め、視界の悪い森の中を進んでいく。通れない場所を避けて、一直線とはいかないまでも順調に進んでいく。

だけどやっぱりそうすんなりとはいかないようだ。

移動を開始してから30分ほど経った頃だろうか。魔物と遭遇した。

透明化にはまだ半信半疑なこともあり、咄嗟に物陰に身を隠す。

「ゴブリン……しかもあれ……亜種か？」

そのゴブリンの体色は青かった。

薄暗くなってきて見えにくいけど……色違いは通常個体よりも強い場合が多く、亜種と呼ばれる。

普通のゴブリンなら透明になってる分有利なのでこっちが勝つだろう。だけど相手は亜種……たぶん普通に戦えば勝ち目がない。

鉄の剣を鞘から抜いて相手の様子を窺う。

「気付いてない……」

倒せるかもと考えた俺は、『万能通貨』のスキルを使用する。

スキルの声が頭に響いたけど、ゴブリンには聞こえていないみたいだ。

俺は静かに頭を回転させる。

見えないのは大きなアドバンテージだけど、相手は亜種だ。念のためもう一つ何かほしい。

（どうするか……）

俺はゆっくりとスキルの一覧を開く。

勿論逃げる選択肢もあった。相手から見えない俺は迂回すれば確実に逃げることができるかもしれない。

だけど俺にはその魔物を倒すだけの理由があった。

魔核。

ゴブリンともなればスライム以上の高値で売れる。だが亜種といえど所詮はゴブリン、何とかなるかもしれない。

そう考えた俺は、万能通貨スキルを発動し、取得できるものを確認する。

「魔物との戦闘で有利になるスキル」

剣術（2）	『2000G』
体術（1）	『1000G』
身体能力強化（1）	『1000G』
威圧（1）	『1000G』
危機感知（1）	『5000G』

———————— etc.

「多いな……」

スキルは一般的にレベル1を複数持つより、レベル2を一つ持つほうが有益と言われている。

これはスキルを沢山持っていても扱いきれなかったり、レベルの高いスキルは、レベル1のスキルより強力ってことが理由らしい。

けど、持ち合わせの金額では剣術（2）のスキルは取れない。

「無難に身体能力強化にするか」

身体能力強化のスキルなら戦闘だけでなく移動にも使えるはずだ。

『購入しますか？』

声に対して頭の中で返答する。

――スキル『身体能力強化』を取得しました。

取得を知らせる声が聞こえた。

俺は試しにスキルを発動してみる。その瞬間、体が軽くなり、まるで重い荷物がなくなったかのような解放感が満たす。全身に力が漲《みなぎ》ってくる。

「すごいな……」

って、感動してる場合じゃない、目の前のゴブリンの存在をすっかり忘れていた。

俺は改めて、ゴブリン亜種に目を向けた。

足元に気を付けながらゆっくりと近づく。大丈夫……気付かれてない……

「ぐぎ」

まったく気付いていない。もう目の前だ。

ゴブリンをこんな至近距離で見たのは初めてだな。

通常種のゴブリンと違ってやはり青い……

俺は剣を振りかぶる。だけど相手が気づく様子はなかった。

（悪く思うなよ……）

そのまま思いっきりゴブリンの頭上に剣を振り下ろした。

◇◇◇

「…………」

俺はゴブリンが怖くて、固く目を瞑っていた。振り下ろした後でゆっくりと目を開くと、それは地に伏せていた。

臆病になりすぎていたのかもしれない。

俺はあっけなく倒れたゴブリンをしばし茫然と見つめる。そして、我に返ると、ゴブリン亜種を解体して魔核を取り出す。

もしかしたら、『身体能力強化』スキル取らなくても倒せたかもしれない。けど、これから使う可能性も十分にある。

Gは消費したけど、スキルはずっと使えるんだ。

損したわけじゃないんだし、前向きに考えよう。俺はそう自分に言い聞かせる。

（スキルの地図を見る限りではもうすぐだな……もう暗くなっちゃったけどここまで来たら……）

思えばゴブリンクラスの魔物を倒したのはこれが初めてだ……何か感慨深いな。

いつもビビって逃げてたからなあ……

魔核はゴブリンのもので……いくらだろう。スライムのものしか売ったことがないから分からないけど、もしかしたら１０００Gとかするかもしれない。亜種だから２０００Gとか？

こんな時なのに内心ワクワクしてしまう。

（でも、こいつからしたら訳も分からずいきなり脳天から剣で斬られたんだよな……）

魔物相手とはいえ少し気の毒。

「お、何か持ってる」

ゴブリンは腰布に縄を縛り、そこに引っかけるように小さな布袋をぶら下げていた。

ゴブリンは人間が捨てた武器なんかを使うことがある。

亜種は知能が高いから、もしかしたら通貨の価値を理解して持っているのかもしれない……ってのは、都合よく考えすぎだろうか。

俺は僅かな期待と共に中にあったものを取り出した。……腐った肉が入ってた。

「俺の期待を返してほしい……」

肉を放り投げて、汁が付着した手を服で拭う。

「くそ……肉ってお前……」

この蛆虫が湧いてる肉を食べるつもりだったのだろうか。ゴブリン……恐ろしいな。

「お？」

しかし、悪いことばかりでもなかった。布袋の奥に鉄貨が１枚入っていた。

すぐにスキルに吸収させる。

所持金　『10G』

「まあ……ないよりはな」

薬草すら買えないけど……俺は気を取り直して先に進むことにする。

それより結構時間を使ってしまった。危ないけど、少し急ぐか。

俺は先ほど取得した身体能力強化を利用して、今までよりも素早く移動する。さっきまで骨が折れて泣いてたのが嘘みたいだ。

これは、楽だな……動きやすい。山道の中をすいすい移動できる。

――透明化の効果が切れました。

「いきなり喋るなよ……ビビるだろ……」

唐突に頭の中に声が響いてきた。びっくりした……びくってなったよ。

「けどあとは――――っ！」

もう少しだ――そう考えた瞬間、咄嗟に俺はそれを避けた。

「っ！」

後ろにあった木がバキバキと音を立てて倒れた。

避けられたのは偶然だった……いや、身体能力強化があったからだろう。なかったらたぶん内臓ぶちまけてたと思う。

暗すぎて近付くまで気付かなかった。

「おいおい、マジか……」

俺は慌てて距離をとる。

暗いけどなんとなく俺という獲物を前に得体の知れない何者かが獰猛《どうもう》な笑みを浮かべている気がした。

「くそっ……！」

俺は舌打ちをして自分の運のなさを呪った。予想外だ。

いや、もしかしたらとは思っていた。だけど、ここまで来たら大丈夫だって勝手に油断してた。

どこまで間抜けなんだ、俺は！

なんで最後の最後で……こんなところに――

「オークがいるんだよ……ッ！」

俺は再び剣を握り締める。剣には先ほどのゴブリンの血がべっとりとついている。

もしかして……血の臭いか？

できるだけ静かに移動してたつもりだけど、血の臭いがしたから警戒してたとか？

魔物って鼻がいいんだな。それとも一瞬聞こえたゴブリンの断末魔のせいか？　俺が物音を立ててたとか？

あるいは、あるいは、あるいは。

考え出したらキリがない、偶然なのかもしれない。けど……見つかったからには、もう遅い。

たらりと汗が伝う。明確に死の恐怖を感じた。

オークはこちらを威嚇《いかく》するように雄叫びをあげた。

「GUOOOOOOOOOOOOッ！！！！」

威圧感に体が強張る。

剣を持つ手に力を入れることで恐怖心を掻き消した。

ここまで来たら……逃げ切ってやる。脚の震えを必死に抑えながら覚悟を決める。

生きて帰るんだ……絶対に。

怖い……けど、こんな時こそ冷静にならないと駄目だ。

オークを前に動揺したけど、よく考えたら俺は一度オークから逃げられている。前回同様、遮蔽物に隠れるように進めば……

「やる気出してるとこ悪いけど……！」

逃げるが勝ちだ！

前回の経験を生かすなら、気を付けないといけないのは、棍棒を投げてくる遠距離攻撃だ。

暗くて判断できないけど、あのオークと同じ個体ならまたその攻撃をしてくる可能性は十分にある。

あの攻撃は避けにくい。前回避けられたのは、偶然もあったと思う。

油断は禁物だけど、今の俺には身体能力強化がある。

俺は体の小ささを生かして、障害物を小回りして、縫うように駆け抜ける。

「GUOOOOOOOOOッ!!」

オークが地を震わせるのではないかと思えるほどの大声で吼えた。

そいつは棍棒を大きく振りかぶると、こちらに——————え!?

「っうおおおおっ！！？」

いきなり武器をぶん投げてきやがった！

「っっとぉう!?」

空を切り飛来してくる棍棒は俺の腕を掠《かす》めた。

危なかったけど、間一髪避けられた。

その行動は意外だった。

確かに棍棒をぶつけるなら距離が近いほうが確実だ。

けど、1回限りの攻撃を開戦直後から仕掛けてくるのはどうなのかね。

何か考えがあるのか、それとも何も考えてないのか。

でも、これで不安要素は消えたことになる。オークは悔しそうにこちらを睨んでいる。もう何もできないはずだ。

「……？」

できない、よな？

辺りは既に暗く、オークの行動を見て取ることができなかった。けど何かをしている。なんだ？何してる？

オークのシルエットのようなものだけがかろうじて見えている。そのシルエットが……振りかぶった？

え、なんで？　もう何も持ってないだろ？

そう思いつつ、俺の脳裏には悪いイメージが浮かぶ。

ズドンッ!!

「――――っ!?」

肩に衝撃が走った。それと同時に耐えがたい激痛が走る。

これは……

「石つぶて……」

……肩が外れたかもしれない。

地面に落ちたいくつかの石に視線を向ける。これが当たったのか……

棍棒と違って小さいから速いし、暗くて避けにくい。当たったのは拳よりも小さい石だよな？

威力が高すぎないか？

「スキル持ち……？」

そういえば聞いたことがある。魔物にも稀にスキルを持った奴がいるって。

こいつが『投擲』スキルを持ってるなら、投げに拘《こだわ》る理由も分かる。

そんなことを考えていると、オークが再び咆え、もう一度振りかぶった。

「くっそっ!!」

木の後ろに滑り込むように隠れた。

ズドドドドッ!!

木が揺れてる……こんなの足に当たったらもう逃げられない。

全回復は１００Gだ。

所持金が足りない今、怪我したら完全に終わりだ……けど、だからと言って逃げられない。背中を見せたら、やられる。

「10G！　買えるもの！」

石	『10G』
雑草	『10G』
木片	『10G』
――――――――――― etc.	

適当すぎた！　数は多いけど役に立ちそうなものがまったくない。

「けど、10Gで買えるのなんてこのくらいしか……」

えーと、なんだ？　なにがある？　10Gで買えて、この状況で役に立つもの？

スキルは無理だ。

だけど石や雑草で逃げられるわけがない。

「魔物から逃げるのに役立つもの！　値段は10G以内！」

最初からこうやって聞けばよかった。

透明化５秒	『10G』
威圧１秒	『10G』
移動速度上昇５秒	『10G』
隠密５秒	『10G』
―――――――― etc.	

「ロクなのがねえ!?」

スキルに期待しすぎた。確かに役に立つことは立つ、けど。

効果時間が短すぎる。透明化5秒はどうだ？　いや、適当にでも投げられて当たったら終わりだ。

威圧はほとんど一瞬だろう。相手の動きを止められて、尚且《なおか》つ姿を隠せるもの……

「なんだよそれ、なにがある!?　相手の動きを止められて姿も隠せる10G以内の――――」

ばきっ
「あ――――」

身を隠していた木がついに限界を迎える。バキバキと音を立てて、倒された。

暗闇の中、極限状態に研ぎ澄まされた感覚がオークの姿を認識する。

時間……かけすぎた。まずい、もう購入するものを調べる時間がない。

遮蔽物がなくなり目前まで死が迫る。

オークが石を手に持ち振りかぶる。やけにスローに見えるその光景を最後に――――俺は目を瞑った。

「明かりッッ！！！！」

値段を確認している時間はない。

できるだけ強い光をイメージして、即座に購入を念じる。

「い、いけた……!?　いけたかッ!?」

恐る恐る目を開く。オークは目を押さえているように見えた。

膝をついて動きを止めている。

「よっしゃあああ――――っ!!」

俺は後ろを振り返ることなく全速力で駆けた。

もう透明化はない。物音も足音も気にせず、とにかく森の中を一直線に進んだ。

◇　◇　◇

「ハァ、ハァ、ハァ」

自分の家を前に、ようやく安堵する。

呼吸を整えてバクバクと激しい音を鳴らす心臓を落ち着かせる。フラフラになりながらもなんとか家に入り、扉を閉めた。

緊張の糸が切れるとその場に倒れ込んだ。

「う————おぇぇぇえっ!!」

胃の中身をぶちまける。

たぶん色々と抑え込んでたんだと思う。怖いって感覚も途中から麻痺してた気がする。

死にかけて、魔物と戦って、殺したり殺されかけたり……

「よく生きてたよな、ほんと……」

色々あった。あんなとこもう行きたくない。

それよりこのスキルは一体……

借金はどうしよう。

結局財宝はどこにあるのか。ほんとに考えることだらけだ。

けど、とりあえず今は……

「疲れた………」

生き延びられた自分に安心して、俺の意識はそのまま暗闇の中に沈んでいった。

奴隷の少女

俺はあれから半日以上も眠り続けていた。起きた時には日はすっかり昇り、昼を過ぎていた。

色んなことがありすぎて、疲れていたのかもしれない。

目覚めた俺はまず、外れた肩をスキルで治す。ジンジンと鈍い痛みがのしかかって唇を嚙み締めるほどの痛みが嘘のように治ってしまってあっけに取られてしまう。

そして、『万能通貨』というスキルの検証を始めた。

まず最初に、硬貨の扱いについて。

硬貨を床に置いて検証を開始する。


手をかざしてしばらく待つ。

1分……5分……10分。

それからさらにしばらく待ってから硬貨に指先で軽く触れた。


スッ。

あっけなく吸収される。

そして、それを出したいと念じた瞬間手のひらに硬貨が現れた。

それを何度か繰り返す。


「出し入れは可能……ただし、触れてないと駄目か」


指先で硬貨を弄りながら結果を反芻する。

吸収される硬貨は俺が触れていないと駄目だった。

少しでも離れていたら、どれだけ時間をかけたとしても、吸収はされなかった。

それと俺が望めば出し入れが可能ってことも分かった。先ほどのように10G出したいと頭の中でイメージしたら実際に鉄貨が出てきた。

それを再び吸収して、また出す、そんなことを何度か繰り返したけど、問題はなかった。何度でも出し入れできるようだ。


「よし、次だ」

指先の硬貨をスキルに吸収させ次の検証に入った。

次は購入についてだ。

結果から言うと少なくとも思いつく範囲では、購入できるものに上限はなかった。

例えば、生まれつきでしか取得できないユニークスキルだけど、知っているものはすべて表示された。

スキルの値段設定はレア度ごとに決まっているらしい。

コモンスキル
レベル1で　『1000G』
レベル2で　『2000G』

レアスキル
レベル1で　『5000G』

ユニークスキル
レベル1で　『10000G』

と、こんな感じになっている。

スキルは次のレベルを購入する場合、その前のレベルのスキルを購入する必要があるらしい。簡単に言うと、レベルを飛ばして最大レベルである5のスキルは買えないということになる。

そこまで考えて、俺は怖くなった。

こんな力を持っていると知られたらどうなるか……想像しただけでも恐ろしい。悪い人間に利用されるなんてまだいいほうだ。実験動物にされる可能性も……なんて非現実的な想像も頭に浮かぶ。だけど本心はそれ以上に、こんな特殊なスキルを手に入れたことが嬉しかった。だって、なんでも手に入るんだ。物だけじゃなくてスキルまでも。

英雄だって夢じゃないかもしれない。すごい冒険者になって見返せるかもしれない。

ルボラの自慢してた身体能力強化のレベル2なんて2000Gだぞ……

けど、全く問題がないわけじゃない。このスキルを使うにはお金が必要だし、何より借金もある。

そう考えた俺は、冒険者ギルドにゴブリン亜種の魔核を持っていこうとして――――やめた。

もしもギルド内に鑑定持ちのやつがいたとしたら、子供のくせにゴブリン亜種を討伐したことに興味を持ってもおかしくはない。冒険者は好奇心旺盛だからな。あまり自分の手の内は晒したくない。

しばらくはギルドに顔を出さないほうがいいかもしれない。なんにせよ検証が必要だ。

傷も治ったしもう一度あの山に――――

『GUOOOOOOOOOOッ！！！！』

「……ッ！」

野蛮な叫び声が脳裏をよぎる。そこにオークの姿を幻視してびくりと、体が竦《すく》んだ。

怖い。一度目の当たりにしたあまりにも現実的な死の気配。

それは俺の心を蝕む。どうしようもない恐怖が俺を支配する。

「……仲間がいればな」


味方さえいれば、山に行ってまた魔物と戦うようなことになった場合に死亡率が減るだろう。

あの時、山の中で何度も死にかけた。生きているのが奇跡に思えた。

その恐怖は魔物と対峙したときの恐ろしさとはまた異なり、今思い出しても、身震いするほどだ。

そう考えると、一人でも仲間がいたほうが心強かった。でも……どうしよう。

パーティ募集は違うな。さっきギルドには行かないと決めたばかりだし、そもそも俺は冒険者ですらない。

頭を捻る。パッと思いつくのは……


「奴隷だな」


俺の代わりに行動してくれる奴隷を手に入れれば、俺は表に出ないですむ。魔核だって安全に売れる。

こちらの強さを隠しつつ、リスクを最小限に抑えられるはずだ。結果、俺は動きやすくなって、この『万能通貨』をフルに扱える。

強い奴隷だとなおよしだ。でも、こちらの手に負えないのは避けたい。はっきり言って、今の自分はまだ子供で、スキルを習得していない以上弱いままだから。

それでも問題は色々あるだろうけど、その都度解決していこう。やってみなけりゃ分かんないし、これも先行投資だ。

奴隷は、この国では道具と大して変わらない扱いだ。持ち主である場合に限り何をしても許される。

極端な話、奴隷を殺そうが何の問題もないってことだな。俺も借金取りに売られることになれば……だめだ、ここで暗い気持ちになっちゃおしまいだ。

しかし、奴隷は高いと思う。俺も詳しいわけではないけど薬草集めるだけで人が買えるとは思えない。

今の所持金はこんな感じだ。

所持金　『19850G』

正真正銘の全財産。足りない気がするけど……見てみないと何とも言えないな。

奴隷だってピンキリだろう。

これだけで買えればラッキーだし、買えなくてもいつか購入することになった時のために値段を知っておく必要がある。


そう思い立った俺はその日のうちに奴隷商へ足を運んだ。

そこは窓もしっかりと閉められ、外からはどのようになっているか見えない。

中を覗き込んでみると、湿っぽい空気が纏わりついてくるようだ。

「誰もいない……」

誰か来るまで待った方がいいのかな。それとも奴隷商はこういうものなのだろうか。

……初めて来たから分からない。

しばらく待ってみたけど……やはり誰も現れる様子はなかった。少し奥に行ってみようかな？

――――っ！

奥へ進むと誰かの声が聞こえてきた。野太い男の怒鳴り声。

俺は恐る恐る声のするほうへ向かった。

空気が重い。重いというか濁ってる。

部屋のあちこちにカビのようなものが生えていて、臭いし汚い……

「おい、さっさと食べろ！　また鞭がほしいのかっ！」

そこには一人の男と、床に倒れている奴隷らしき獣人の少女がいた。

エサ皿のようなものにどろどろとした食べ物が載っている。

男はそれを食べるように言うが、声をかけられた女の子が動く様子はない。

ピクリともしない。

髪はボサボサで顔は垢だらけ、頬が大きく窪むほどの栄養状態。生きてるのが不思議なくらいだった。

「あの……すみません」

「ん？　誰だ？　どうやってここまで入った？」

「実は奴隷がほしくて来たんですけど、誰もいなくて」

「あー……それでここまで来たってか？　だけど勝手に来たら駄目だぞ、奴隷商では誰か来るまで入り口で待つのが普通だ」

注意された。確かに、奴隷の購入にもそれなりのマナーがあるんだな。

それを聞き一言謝る。

「すみません」

「まあいい、それで金はあるのか？」

「いえ、ほとんどないですけど、一応どのくらい必要なのか知っておきたいと思って」

冷やかしみたいだな……怒られないだろうか。

内心どきどきするけど男の人は特に気にした様子もなかった。

「金がないか……それなら廃棄間近の奴隷ならかなり安いぞ、死にかけだけど金がないなら買えるのはそのあたりだろう」

意外にも親切な答えが返ってきた。

怖そうな男の人だと思ったけど、実は良い人なのかもしれない。

「分かりました、見せてもらえないでしょうか？」

「……俺から言いだしておいてあれだが、ほんとにいいのか？　明日生きてるかも分からない奴隷だぞ？　死にかけならまだいいほうで、変な病気や呪いにかかってるかもしれないぞ」

変な病気や呪い……それは少し怖い。

「あの、ところでその子は？」

虚ろな赤い目。くすんだ白髪に猫の耳。

傷付いた体は栄養状態が極端に悪く肉付きが薄い。

生きているのかも分からない……そんな地面に横たわったまま動かない獣人の少女が気になった。

「こいつはもう駄目だ、処分することになるだろうな。お前がこいつにするって言うならタダでもいいぞ？　処分の手間が省ける。ああ、契約料はもらうけどな」

「……そうですか」

けど、俺には秘策があった、あのスキルを使えば治せる……

奴隷のことは知っていたけど、実際目にしてみるとそれは人であり、俺と何ら変わらないように見える。それだけに、その姿は痛々しく、なんでこんな状態になってしまったのか好奇心のようなものが湧いてきた。

聞くだけはタダだ。そう思い、話だけでも聞いてみることにする。

「その子はどういう子なんですか？」

聞いた後でさすがに軽薄だったかもしれないと少しだけ後悔した。でも、購入を視野に入れているから、少しでもこの子の情報を知っておきたい。

こちらの意図に気づいたのか、男の人は何でもないように答える。

「ん？　詳しくは知らないが……親に売られたんじゃなかったかな」

親に売られる――――その言葉に俺は衝撃を受けた。

自分の境遇を思い出して胸が締め付けられる。

奴隷の扱いのひどさを目の当たりにして、正直なところさっきから不快感を覚えていた。

この不愉快さはどこか同じ境遇だったから感じたものなのかもしれない。

「別に珍しいことでもない。食い物が足りなくなるとかの理由で売られるガキは多いぞ」

その女の子に視線を移す。女の子はこちらに視線を合わせることもなく、宙を見ていた。

垢と土汚れだらけのガリガリに痩せ細った少女。同い年くらいだろうか。

体中に痛々しい傷痕などが見られる。どれだけ酷い目にあってきたのか、俺には想像もつかなかった。

戦闘のことも考えるなら男の人がいい。こんな小さい女の子じゃダメだ。

こっちだって借金が返せなかったらああなるかもしれないんだ。

同情したっていいことはない。自分の目的を思い出せ。

「……………」

けど、なぜか目が離せない。

虚ろな瞳。栄養が足りていないその表情。顔には薄らと涙の跡もついている。

理屈で判断するならこれは間違いだ。

でも……両親に捨てられた時の自分の姿と重なった気がした。

「この子がタダっていうのは本当ですか？」

男の人が少し驚いたように目を見開く。

「あ、ああ……本当だが……いいのか？　たぶん明日か明後日にはもう生きてないし、契約料は返せないぞ？」

俺に本当に買うつもりなのかと確認をしてくる。

お金をほとんど持っていないと言った俺を心配してくれているのだろう。

それにクレームを入れられることを警戒しているのかもしれない。

なんにしても俺の答えは変わらない。唾を飲み込み、強く頷いてみせた。

「……分かった、ちょっと待ってろ」

男の人が部屋を出ていく。書類でも取りに行っているのかな。

しばらく何をするでもなく。待つこと数分で戻ってきた。

「これが契約書だ、問題がないならここに血を垂らせば契約終了だ」

見ておかないと後悔するかもしれない。無用な契約だったら困る。

だから俺は一番上から最後までしっかりと目を通した。

面倒なところを省いて、ざっくりしたところを纏めるとこんな感じだ。

・返品は受け付けない。
・奴隷商側に過失がない限り何があろうと問題に関与はしない。
・契約魔法で奴隷は主《あるじ》に絶対服従となる。
・契約を解除したい場合は別途料金がかかる。
くらいだろうか。

契約料自体は1万Gほどでやってくれるらしい。予算内で収まってちょうど良かった。

「ナイフは借りられますか?」

尋ねると男の人がナイフを差し出してくる。

それを受け取ると俺は指先を軽く切って、書面に血を垂らす。

淡い光。

それは少しずつ広がって俺と奴隷の少女を包み込む。

「契約魔法で契約したからな、これでこの奴隷は主人のお前に絶対服従だ。もし奴隷が命令に背く行為をした場合は即座にこの首輪が死んだ方がマシってくらいの激痛を与える」

「分かりました」

「ああ、それとペナルティの痛みで死ぬことはまずないが、ここまで弱ってるとそれも分からない。気を付けるんだぞ」

頷きを返して少女を背負う。とても軽い。

急がないと衰弱して死んでしまうかもしれなかったけど、ここでスキルを使うわけにもいかなかなかった。

呼吸は弱いけどまだ大丈夫そうだ。多分、間に合うはず。

街中でスキルは使いたくないから、できれば家まで耐えてほしいところである。

奴隷商の男の人は、ちょっとだけ顔をしかめた……それでもすぐに表情を戻したあたりはさすがだった。

気持ちは分からないでもなかった。

これだけ汚れてたら触れるのに抵抗があるってのは分かる。でもこっちも別に綺麗というわけではない。

この少女よりは清潔だけど、俺だって服なんかはボロボロだ。

まあ、カビまでは生えてないけど。

「じゃあ行こうか、これからよろしく」

少女を見る。やはり反応はない。だけどなんとなく驚いてるように見えた。

赤い瞳が少しだけ揺らいでいた。とても弱々しい光だ。

「っと」

落ちそうになる少女を強く背負う。力を込めて落ちないように。

「――――っ!?」

背中で少女が強張る。

反応がほとんどなくてガリガリにやせ細った女の子。

とても汚れてはいるけど……少しだけ見えた赤みを増した気がするその顔を俺は可愛いかもと思った。

◇◇◇

ギムルの街を出て、急いで家へ向かった。彼女に負担をかけないために、できるだけ揺らさないように走る。

彼女を背負っているにも拘《かかわ》らず、意外にも疲れない。息が切れることもなければ、疲労を感じることもない。

身体能力強化のスキルのおかげもあるんだろうけど、それ以上にこの少女が軽すぎる。

痩せすぎだろ……ご飯を食べる体力すらなかったみたいだし。

家に到着すると、扉を開けてまず獣人の少女をベッドに寝かせた。

「さて、まず最初の命令だ」

やはり少女は反応を返さない。それに構わず俺は続けた。

「俺がこれから見せることを他者に伝える行為を禁じる」

よく分からないという顔。頷くこともしないほど弱っている。

だけど聞こえてはいると考えてスキルを使う。

「女の子の体の洗浄、同じく体力と健康状態の全回復」

万能通貨のスキルを使用する。全部で９００Ｇもかかった。

俺の時よりちょっとばかり高いな……もしかして自分に使う時と他人に使う時では値段が違うのだろうか？

突然喋り出した俺を不思議そうに見る少女。まあ、訳分からないよな。

内心で苦笑しながら脳内に浮かぶ購入リストをはっきりと見る。


『購入しますか？』


購入を念じる。

瞬間、少女の体を薄緑の光が包み込む。

汚れが空間に溶けるように消えて行く。垢や泥が落ちて、肉付きも少しずつよくなっていく。

くすんでいた白髪は雪のように白くなる。まるで、白百合のように咲いた。

「え――――」

獣人の少女は今度ははっきりと反応を示した。

いきなり体力満タンになって、綺麗になったんだから驚くのも無理はない。

ゆっくりと上体を起こして、手で顔に触れる。確認するようにぺたぺたと全身に触れる。

「え……？　え……？」

混乱しているのが見て分かった。気持ちは分かる。

けど俺は俺の方で混乱していた。

さっきまでガリガリだった体は肉付きがよくなり、垢だらけだった体はシミ一つない白い肌に。

輝いてすら見える純白の髪は絹糸のようにさらさらと揺れている。

ルビーのような赤い瞳に、滑らかな白い髪……アルビノか。

ぱっちりとした瞳が、正体不明の力を使用した俺を困惑と共に、少しだけ怯えるように見つめてくる。

可愛いすぎる。

いや、落ち着け。

いくら女の子に免疫がないといっても、このくらいで動揺してたら今後の関係に支障が出る。

軽く息を吐いて気を落ち着かせた。

「……えーと、色々聞きたいことはあるだろうけど、まずは……よろしく」

とりあえずは無難に挨拶をしておく。手を差し出してできるだけ友好的な態度で接してみた。

「い、いや……っ！」

しかし、少女は怯えるように後ろへ下がってしまった。

明らかな警戒。どう見ても怖がられてる……

拒絶された手のひらが虚しい。

……どうしよう。

確かに俺みたいなボロい格好の子供に、奴隷として買われ、絶対服従するなんて不安でしょうがないと思う。

それに、見たこともない力を使う謎の人物。警戒の一つや二つされても仕方ないかもしれない。

「んー……」

どうしたものかと困り少女に目を向ける。

彼女はびくりと体を強張らせて、怯えるように目を瞑った。

部屋の隅っこで縮こまって震えている。

「大丈夫、怖くないぞ？　ほら、何も持ってないだろ？」

手を大げさなくらい上にあげて、危害を加えないことをアピール。

するとほんの少しは信用してもらえたのだろうか？　俺に視線を合わせた。

「……は、はい」

おどおどしながらも血色の良くなった顔で、ようやく返事らしきものをしてくれた。

怯えているからどことなく動きが硬いように感じられる。

まあ、出会って一日も経ってないしな。信用しろって方が無理だな。それに、あの傷痕を見れば、人間に不信感を抱いて当然だ。

だけど、自分が安全な人物だと証明することなんてすぐにはできない。その辺の信頼関係は少しずつ築いていくとしよう。

「まず自己紹介ってことで……俺の名前はベルハルトだ」

彼女が安心できるようにできる限りの笑顔を作る。

努力も虚しく、彼女の表情は硬いままだったが、名乗ってくれた。

「…………ミア、です」

彼女はまだビクビクと警戒している。

名前はミアというらしい。勝手なイメージだけど、なんとなく猫っぽい名前な気がする。

「そうか、じゃあミア、まずはご飯にしよう」

健康状態は回復させたけど、それがどこまで作用しているか分からない。

少なくとも胃には何も入ってないだろうから、お腹は減ってると思う。

俺は仲良くなるためにはまず一緒に食卓を囲むことだと思っている。少なくとも距離は縮まるだろう。

食材を用意するだけなら、あのスキルでできるだろう。だが確か家に少量のパンと芋があったはず。

お金ももったいないし、それで何か簡単なものを作るとしよう。

「え？　あ……はいっ」

驚いたように目を見開いたミアを見て、やはり返事とか仕草がまだ硬いなと思った。

ミアはそう返事すると、俺の後ろをトテテとついてくる。

その姿は忠犬っぽく感じる……猫耳だけど。ただ距離は離れている。

これは俺とミアの精神的な距離のせいだろう。

俺としてもここまで警戒されると少し落ち込みそうになるけど、奴隷という立場を考えたら仕方がないと思った。衰弱死寸前まで虐げられていたのだから。

いつか仲良くなれるといいんだが。

まあでもそれはあとだ。まずは食事だな。

ミアには何を食べてもらおうか。

痩せてたし、お腹に優しいものがいいよな。多分、胃が受け付けないはずだ。

芋を蒸《ふ》かして……あとはスープはどうだろうか……

「今、何か用意するからそこに座って待っててくれ」

とても綺麗とは言えない台所の中央には、二人が並んで座れる程度の横幅のテーブルがある。4人用ではあるが、もう両親はいない。

向かい合わせる形で2脚の椅子が添えられている。

ミアを気遣い、その椅子に座って待つように言う。彼女は何の迷いもなく、ごく自然な動作で床に座った。

「……なにしてるの?」

ミアの行動が分からない。それとも俺が知らないだけでそういう作法でもあるのだろうか。

「っ! も、申し訳ありませんっ!」

彼女はさらに顔を強張らせ、床に頭をつけて謝ると、何を思ったのか服を脱ぎ始めた。

「意味が分からんっ!!」

その不可解な行動に突っ込みを入れてしまう。

本当に意味が分からなくて、思わず声が大きくなってしまった。

すると全裸のミアは俯《うつむ》いて、酷く落ち込む様子を見せた。

「ご、ごめんなさい……こんな体、見苦しいですよね……」

見苦しいことなんてない。

素直な感想を言えば、ミアの体は文句のつけようのない素晴らしい。

服を脱がなくても分かっていたけど、脱いでみるとさらに綺麗だってことがはっきりと分かる。

日に当たったことがないのではと思うほどの白い肌。

胸は小さめながら、均整の取れた体は芸術品のようだ。

あとは……まあちょっと口には出せない部分とか。

俺はその姿に思わず見惚れてしまう。だから見苦しいなんてことは絶対にない。

むしろ、ありがとうございます！

けど、問題はそこじゃない。

「いや、なんかもう色々とついていけなくて……まず服を着てくれ」

俺の頭は本当に混乱していた。何と言っていいか分からないほどに。

その言葉を聞いたミアは首をかしげる。

「？　分かりました……」

そう言うとミアは脱いだ服を再び身に着けた。

服を着ろと言ったものの、少しだけ残念だと思ってしまうのは男の性《さが》なのだろう。

「それで……なんで脱いだんだ？」

俺は、しゅんとして、猫耳をぺたんとさせているミアに聞いてみる。

「確かに……私の体に価値なんてないのかもしれません。でも、私、お腹すいてて……他に何も持ってないです……」

「……？」

しばらくの間、本気で意味が分からなかった。

頭を捻る……考えて、考えてなんとかそれらしき答えに行きつく。

……つまりこういうことだろうか。俺がミアに食事を食べさせることに対して対価を取ると思って？

「俺が対価を取るとでも……？」

「え？　ち、違うのですか？」

彼女の困惑したその答えに思わず絶句する。

食事の対価に体を……って、どんな鬼畜野郎だよ。

「いや……違う、これは俺がミアに元気になってほしくてやってることだから対価はいらない」

「なっ!?」

ミアは、飛び跳ねるように驚愕する。目を見開いて信じられないという顔をする。

そんなに驚くとこかな。

「あ、あの……！」

ミアが慌てたように声をかけてくる。

するとその直後、ミアは手と頭を凄い勢いで床に着けてきた。

「ご主人様のお言葉を疑う不敬をお許しください。い、今のお言葉は……本当なのでしょうか？」

「いや、まあ……うん、嘘ではないけど……なんで土下座？」

土下座はやりすぎなのでは……それとも奴隷ってこういう感じなのか？

「ご、ご主人様は……ひっぐ、わ、私にも、食べさせて、くださるのですか……っ？　私を……私のことを心配して……くださるのですかっ？」

泣かれた。土下座してるから顔は見えないけど声が震えている。

女を泣かせるなんて俺も罪作りな男だな……とか訳の分からんことを考える程度に俺の脳内はパニックになっていた。

「うん、そりゃ心配くらいするけどさっ……ふ！」

変な声でた。

ミアが俺に抱き着いてきたからだ。

柔らかい。

ボロい服を1枚身に着けただけの美少女が俺に密着してくる。

まずい、背負った時は気付かなかったけどすげー良い匂い……って、それは綺麗にしたからか。

女の子の匂いって、いいな。

嗚咽を漏らしながら、ミアは俺の体に顔を埋《うず》めている。涙で胸が染まった。

「……う、うあああぁぁあぁぁぁあぁぁんっ!!」

どういうことなのか……分からない、分からないことだらけではあるが……しばらくこのままにさせておくことにした。

いや、別に役得とか思ってないし。

これは、男として胸を貸しているだけで。

しかし、こうして近付いてくれたということは少しは信用してもらえたってことなのかな？

そのことが俺は少しだけ嬉しかった。


泣き止んで落ち着いたミアは、また俺の目の前で額を地面に擦り付けている。……土下座が好きなのだろうか。

「ミア、もう気にしなくていいからさ」

俺が声をかけるとミアは体をビクッと震わせた。そんなに怯えなくても、俺は今回のことを怒るつもりは全くない。むしろ、なんか申し訳ない。

けど、そんな気持ちは伝わらず、ミアは相変わらずビクビクとしている。

困った俺はとりあえず話題を変えることにした。

「床に座ったのはなんでだ？」

するとミアは震える顔を持ち上げてこちらを見る。

彼女は床に座っていることもあって上目遣いだ。

「……おこぼれをいただけるかと……思いまして……」

……おこぼれ？

ミアはまたよく分からないことを言い出した。

「いや、普通に一緒に食べようよ」

俺の至極当たり前の提案を聞いたミアはというと、畏《おそ》れ多いとでもいうように慌てた様子を見せる。

「そ、そんな……！　ご主人様と同じ席で食べさせていただくなんて……！」

奴隷って主人と同じ席で食べたりしないのかな？　そう言われると主人の足元で食事をする奴隷の姿を街で見たことがある気がする。

けど俺としては仲良く笑いながら食事をしたい、そう思う。

ミアの言う通りにしていたら息が詰まりそうだ。

「じゃあ命令……ってのも何かあれだな、お願いだ、これから食事は同じ席で食べてほしい」

ミアが「え？」って顔をする。

「そんな……ご同席させて頂いてもいいんですか……？　そ、それに、お願いなんて！　そんなことしなくてもご命令してくだされば」

「いやいや、こんなことで命令してたら何かあった時に痛いだろ」

奴隷の首輪は、どんな命令だろうと破った瞬間に激痛がやってくる。たとえどんな理由があろうとだ。

それはやっぱり可哀想だと思う。奴隷を酷い目に遭わせる畜生と俺は違う。

「………」

ミアは赤い瞳を潤ませていた。顔を伏せたかと思うと感極まったようにまた泣き出す。

（は、話が進まない……）

今ミアは不安定なのだろう。

俺は何も言わずに彼女が泣き止むのを待った。

◇　◇　◇

ミアとの簡単な食事を済ませる。

蒸かした芋を粗く潰したものと、野菜を細かく刻んだ塩味の簡素なスープだ。

豪勢なものではないが、弱っていたミアの胃には都合が良かった。栄養はつけさせたいが、さすがにいきなり肉とかはきついだろう。

できるだけゆっくり食べさせたので、時間はかかったが少し元気になったように見える。

ミアのお腹が膨れたところで早速、本題に入った。

「じゃあこれからのことなんだけど、ミアには魔核をギルドで売ってきてほしいんだ」

借金のことは黙っておくことにして、ミアを買った理由を伝える。

「魔核を……ですか？」

ミアは小首を傾げる。さっきよりいくらか表情が柔らかい気がした。

特に何もしてないけど、多少なりとも心を開いてくれたということだろうか。

「そうだ、冒険者にはたまに鑑定スキルを持ってるやつがいるらしいからな。俺の力を鑑定されないためにも目立ちたくないんだ」

「わ、分かりましたっ」

俺の力を不思議に思っているだろうけど、何も言ってこなかった。

隠したがっていることを察したのだろう。ありがたい。

「それと、一緒に魔物と戦うことになるかもしれない」

これに関しては今伝えるか悩んだ。

魔物と戦うことを怖がられたらと考えたからだ。そもそも、戦力になるのかも未知数。

だけど、いずれ戦ってもらうなら、遅かれ早かれ伝えなければならない。ならいっそ早めに、と思ったのだ。

「は、はいっ、精一杯頑張らせて頂きますっ」

ミアの反応が少しおかしい気もした。二つ返事だ。

緊張はしてるものの、魔物に怯える様子はない。

違和感を覚えたけど、気負ってないならそっちのほうがいいだろうと思うことにする。

俺は今更ではあるが偽装スキルという手もあったなと思う。偽装スキルを買えば俺のスキルのことは確実に隠せた……

まあ結局は目立つことになるし、どんなやつに目を付けられるのか分からないし。

高いレベルの偽装と、身を守れるだけの力を手に入れることができないなら、目立たないのが安全策だと思う。奴隷を手に入れられてよかったのだ。

「……………」

だけどほかにも理由はある。

誤魔化すのはやめよう。俺は寂しかった。

もう一人は嫌だった。だから絶対に裏切らない奴隷を買った。

「ご主人様っ!?」

目の前の少女の頭に手を乗せた。そのまま撫でる。

「……これからよろしくな、ミア」

振り払われても構わなかった。

ミアもいきなり撫でられて良い気はしないだろうし、嫌がられたらやめようと思った。

「は、はいっ」

だけど彼女は抵抗しなかった。顔を赤く染めたミアに苦笑する。

懐かしい感覚だった。誰かと触れ合えることが、温かかった。

「ご、ご主人様……?」

ああ……この顔は駄目だ。

こんな情けない顔はこの子には見せられない。

俺はしばらく黙ってうつむきながら、ミアの頭を撫で続けた。ミアもそのまま何も言わないで撫でられ続けてくれた。

そのことが俺には嬉しかった。

さっそく魔核を売りに行ってもらおうかとも思ったが、外を見ると日がだいぶ傾いていた。

今から行けば、帰る頃には夜になるだろう。

この辺りはスライムしか出ないけど、そこまで急ぐというわけでもないので明日にしようかな。

それに――

「ミアも今日は色々あって疲れただろう、ゆっくり休んでくれ」

「あの、ご主人様……」

ミアがおずおずと口を開く。

「私はどこの床で寝ればいいですか？」

「うん、何かそんな気はしてた」

やはりと言うか何と言うか、ミアは俺に対してやたらと遠慮している気がする。

ここははっきりさせておいたほうがいいかもしれない。

「ミア、言っておきたいことがある」

ミアがびくりと震える。尻尾が縮こまって身を竦ませて俺の言葉を待つ。

そんなミアに俺は伝える。

「俺はミアにひどいことはしない。いきなりは信用できないかもしれないけど……あんまり自分を卑下しないでほしい」

ミアの表情に困惑の色が広がる。

そして、困惑したまま俺に問いかけてきた。

「ご主人様は、その……どうして私に優しくしてくださるのですか……？」

ミアに聞かれて少しだけ考える。

彼女と過ごした時間は本当に短い。まだお互いのことを何も知らない。知り合っただけと言ってもいいくらい重ねた時間は少ない。

そんな俺の言葉がどれだけミアに信じてもらえるだろうか。

しばらく悩んだ結果、正直に答えることにした。

「俺がミアを選んだからだ。俺はある事情があってお金を稼がなくちゃいけない。そのためにギルドで魔核を売りたいけど目立つわけにもいかない。だから手伝いが欲しくて奴隷を買うことにしたんだ」

「……私を、選んだのですか？」

イマイチ理解できてなさそうなミア。俺は続ける。

「俺はミアを信用してる。少なくとも悪い奴だとは思えない。俺はミアのことを気に入ったんだ。だから優しくする。酷いことはしたくない」

「そんなっ、そんなの……私には……」

俺の言葉でミアの瞳に涙がじわっと広がる。言葉では否定しても尻尾は分かりやすく喜びを表していた。

「だからミアにはベッドを使ってもらう。床では寝るなよ」

そう言って俺は隣の部屋に移動するために扉を開けた。

少し古くなった扉。僅かに軋んだような音を立てる。

「あのっ！」

ミアが俺を呼ぶ。

なんだろうと振り向くとそこには瞳を潤ませたミアが何かを堪《こら》えるようにしていた。

そんなミアが感情を吐き出すように叫んだ。

「私は……！　ここにいてもいいんですかっ!?　あ、あなたは、私のことが怖くないんですか!?」

なんだ？　なんのことだ？　ミアを怖がる？

彼女が何を言っているのか分からない。

その言葉の意味は分からなかった……だけど、自分が怖くないのかと問う彼女は、何かを怖がっているようだった。

だから、ここは正直に答えないといけない気がした。

「怖くないよ」

ミアが目を見開く。初めてその言葉を聞いたかのように。

ミアは泣きじゃくった顔をさらにぐしゃぐしゃにした。

目からは涙が零《こぼ》れて雫《しずく》になって頬を伝っている。

「ミアだって俺に怪我とかさせようなんて思ってないだろ？　それともミアは俺に危害を……」

「加えませんっ！　何があろうとっ！」

こちらの言葉に被せるようにミアは叫んだ。

絶対に裏切らないと。

たとえどんなことがあろうとそれだけはしないと。

ミアは喉が張り裂けんばかりの悲痛な声でそう言った。

「……そうか、ありがとう」

何がミアの感情をそこまで揺さぶったのかは分からない。

だけど俺はミアの言葉を嬉しく感じた。

「今日はゆっくり休んだ方がいい、じゃあ……おやすみ」

そして、部屋を出ようとしたところで、俺は体を後ろへと引かれた。

「ミア……？　どうした？」

俺を引っ張ったのはミアだった。服の裾を遠慮がちに握っている。

「あ、あの……」

俯いていてよく見えないが、顔が赤い気がした。

恥ずかしそうにしながらミアはそのお願いを口にした。

「い、一緒に……寝ては……いただけないでしょうか？」

時が止まった。

いや、正確には俺が止まった。

できるだけ冷静さを装おうとするけど、動揺は隠せない。

咄嗟に言葉が出なかった……そして、ミアは上目遣いでまるで媚びるかのように瞳を潤ませながら続けた。

「お、お願いします……ご主人様……私、もう寂しいのは……」

これを断れる男はこの世にいないと思う。

ベッドでミアと横になる。

明かりを消して、暗い中でミアの気配だけを感じる。

「あの……ごめんなさい……私、我儘を……」

ミアが隣で謝ってきた。当たり前だけど一緒に寝てるから声がやたらと近い。

「気にするな」

努めて冷静に返事をした。心臓はバクバクだけど。

するとミアが話しかけてきた。すぐ傍で、申し訳なさそうに。

「私、ほんとは初めてご主人様と出会った時、怖かったんです……どんなことされるのかって。また叩かれたり、ご飯食べさせてもらえなかったりするんじゃないかって……」

まあ……そのあたりは俺には分からない。

ミアがどんな生活を送ってきたかなんて想像もできない。

でもミアが心配なら何度でも言わないといけない。

「大丈夫。俺はそんなことしない」

「……はい」

するとミアは囁《ささや》くように言ってきた。

「……ありがとう、ございます……私、ご主人様に買って頂けてよかったです……」

…………………………………………


隣でミアが寝ている。きっと疲れていたのだろう。

規則正しい寝息を立てながら、俺の体に顔を埋めて抱き着くようにしている。

柔らかかった。

さらに補足するならミアは最初のボロい服のままだ。

太ももがほとんど見えるほど短く、そこからはミアの綺麗な脚が伸びている。

それに加えていい匂いがする。甘いような落ち着くような女の子の匂い……

どきどきと心臓が鼓動を速める。

俺も健全な13歳の男子だ。こんな状況で寝られるわけがない。

俺は身動きすらまともにできないまま硬直していた。

ミアが密着しすぎててどう動いても俺の体が彼女の体に当たるのだ。

仕方ないから今後の借金返済について計算することにした。

結局、俺が眠ることができたのは夜もだいぶ更けてからだった。

ミア

翌朝。窓から朝日が差し込んでくる。

その眩《まぶ》しさに目を開けると隣ではミアがまだ寝息を立てていた。

まあ、疲れてるだろうし……もうちょっと寝かせてあげたほうがいいよな。

俺はベッドから起き上がるために、ミアから離れようとする。

ぎゅっ
ミアが服を摑んできた。

俺は微笑ましい気持ちになりながら、俺の服を握るミアの手をそっと外す。

ぎゅっ
するとミアはすぐに同じ場所を握ってきた。

ミアは寝ていても寂しがり屋なようだ。

苦笑しながら彼女の手をそっと引き離してベッドから起き上がろうと上体に力を込める。

ぎゅっ
……今度はもっとそぉ～っと離れようとする。

ぎゅっ
手を離させて素早くベッドから起き上がろうとして。

ぎゅっ
……手強い。

仕方ないので手を離した後でミアの手を押さえながら起き上がる。

ミアの手の動きに注意しながら、ゆっくりとベッドから離れようとして――

「……ご主人……様ぁ……」

猫が大好きな主人に甘える時のような蕩《とろ》けた声。思わず脳が痺れるような甘い言葉。

夢でも見ているのか、寝言で俺を呼ぶ。

「………」

仕方なく諦めて、俺は二度寝をすることにした。

その昔、兄に甘える勇者の妹が出てくる冒険譚《たん》を読んで、両親に弟か妹がほしいと頼んだことがある。

なぜあの時両親がリアクションに困っていたのか今なら分かる。

ミアのことは可愛いと思う……だけど俺はその時のことを思い出すと、妹がいたらこんな感じだろうかと思ってしまう。

横になりながらミアの温もりを感じる。自分以外の温かさが懐かしい。

昔のことを思い出して泣きそうになり、滲んだ視界を袖で拭った。

◇◇◇

二度寝から目覚めてしばらく経った頃。

意外なことにミアとの距離が縮まっていた。

家の中を歩く時に妙に近い気がしたし、表情もいくらか柔らかい。

一緒に寝た時に何もされなかったから安心したのだろうか。

理由は分からなかったけど、信用されたのなら何よりだ。

顔を洗ってミアとテーブルに向かい合うように座る。

「これから冒険者ギルドに行くけど……その前にこれを着てくれ」

俺はミアにいくつかの衣服を渡した。家にあるマシな服を選んでおいたのだ。

「あの、これは……？」

服を受け取るミアに俺は説明した。

「いつまでもその格好って訳にはいかないだろ？　俺のおさがりで悪いけどそれを使ってくれ」

「ご主人様の……」

ミアの顔が少し赤くなる。

やっぱり男が使ってた服は嫌なのだろうか。

しかし、借金のこともあるし、今、新しいものを買うような余裕はない。ここはミアに少し我慢してもらうしかない。

「フードもついてるから街に入る前にそれで顔を隠してくれ」

「フード、ですか？」

顔を隠せるフード付きの服だ。

今朝起きて探したら、丁度1着だけ出てきた。

「ミアは顔が良い……というか可愛いと思うからな、絡まれる確率を少しでも減らしておこうと思ったんだ」

ミアはまだ子供だけど、これだけ整った容姿をしているなら、そういう危険もあるかもしれない。男は狼だからな。

考えすぎかもしれないけど、警戒はしておくに越したことはないだろう。

ついでに言うなら奴隷商の人間も警戒したほうがいいだろう。

ミアが一日でここまで元気になったのは、いくら何でも不自然だ。

「あ、ありがとうございますっ、あの、大事に使わせて頂きますね！」

「安物だから別に汚してもいいぞ」

そこまで言ったところで、俺は席を立ちあがる。

「ご主人様？　どちらへ？」

「ミアの分の装備も探してくる。確か剣とかあったと思うから」

古いものだけど、ないよりはマシだ。俺はミアに背を向けて外へ出る。

そして、武器がしまってある物置に行こうとして気づいた。

「ミアにどんな装備がいいのか聞いてなかった……」

俺が剣を扱うからそう判断したけど、よく考えたら短剣とか斧もある。

やはりミアの意見も尊重したほうがいいだろうと考えた俺は、すぐに踵《きびす》を返して、ミアのいる家のほうへと戻る。

「ミア、聞きたいん……だけ、ど……」

尻すぼみになり、消えていく俺の言葉。

その原因はミアにあった。

俺のおさがりだと言った服にミアは自分の顔を埋めていた。俺が昔着ていた古い麻の服。

男が着ていたというのに嫌がる様子もなく、ミアは自分からその服に触れている。

その謎の光景に俺は思わず動きを止めた。

「可愛い……えへへ……」

目の前の少女は嬉しそうにその言葉を口にしていた。

俺が言った可愛いという一言を思い出すように頬を緩ませる。

尻尾が緩やかに動き、ミアの感情を表す。

ミアは俺がいるのにも気付かずに服をぎゅっと抱きしめて幸せそうに表情を崩した。続けて、ミアはスリスリと俺の服に頬擦りをする。

小動物が自分の所有物に匂いを擦り付けるような仕草。

「……」

とりあえず俺は黙って外へと出た。

◇　◇　◇

フードを被ったミアと一緒にギムルの街に到着する。

しばらく進んで、その建物が目に入ると、ミアは物珍しそうにギルドをじっと見ていた。

「ここが冒険者ギルド、ですか……」

「そうだ、今からここで魔核を売ってきてほしい。それとミアのステータスも見てもらう」

冒険者ギルドでは金を払えば自分のステータスを鑑定してもらえる。

鑑定スキルを持っていない人間は、こうして自分の能力を調べているんだ。

ギルドの鑑定は簡易的な300Gの鑑定と、2500Gの詳細鑑定がある。

簡易鑑定は値段が安い代わりにスキルしか分からない。

詳細鑑定ともなると、ステータスなどの数値も分かったりする。

今回、ミアには簡易鑑定のほうを受けてもらうことになる。

一緒に戦うにしても得意なことが分かれば相当楽になるだろうし。

ミア一人に行かせてもいいものか心配だったけど、買取と鑑定くらいはすぐに終わるだろう。

ミアが冒険者ギルドに入ってしばらく待つ。少しソワソワしてたけど幸いなことに何事もなくスムーズに終わったようだった。

ミアを迎えて鑑定結果の書かれた紙を見ると、こんな感じだった。

ミア	
スキル	短剣術（1）
	危機感知（1）
	隠密（2）
	狂化（3）

ミアは意外にも多才で、これには素直に驚いた。万能通貨取得前の俺よりスキル数が多い。

複雑な気分ではあるが、心強いことは確かだ。

時間は、まだ昼になったばかりくらいか……

「ミア、近くの山に行こうと思うんだけど」

「はいっ、御供させて頂きますっ！」

心なしか昨日より近くなった距離。

なぜかは分からないけど、懐かれているのならこれでいいのかもしれない。

俺とミアは街を出てあの時の山――ゴド山へと向かった。

◇　◇　◇

現在の俺の所持金は『１９５５０Ｇ』。

ミアを買った時に契約のために１万Ｇ支払ったのだが、その後ミアに売ってもらったゴブリン亜種の魔核が１万Ｇした。

それで丁度プラスマイナス０になった感じだ。

「さて、山に入る前に……」

またオークと遭遇したら今度こそ殺されるだろう。

俺だけなら逃げられるかもしれないが、今回はミアもいる。

そのためにいくつかの準備をしておきたい。

（魔物の位置が分かるようになるスキル）

探知（1）	『1000G』
聴覚強化（1）	『1000G』
空間把握（1）	『10000G』
魔力感知（1）	『5000G』
―――――――― etc.	

「意外と多いな……」
といっても購入するものはあらかじめ決まっていた。
元々俺が知っていたスキル。
簡単な特徴もスキル辞典で調べておいたので迷いなくそれを購入する。
『購入しますか？』
購入を念じる。

――スキル『探知』を取得しました。


これで俺は『探知』のスキルを使えるようになった。

だけどこれだけでは魔物のいる大まかな方向が分かるようになるだけだ。しかも範囲は10mと、心もとない。

そこで俺は『探知』スキルのレベル2を購入することにした。

これで……

ベルハルト
スキル　万能通貨
　　　　剣術（1）
　　　　鑑定（1）
　　　　地図（1）
　　　　身体能力強化（1）
　　　　探知（2）

「『探知』」

さっきの2倍くらいの範囲の情報が流れ込んでくる。

なんとなくだけどどの方向に何があるか分かる感じ。これだけ広いなら見つかる前に逃げられるだろう。

このスキルは見つからないためもあるけど、魔物を見つけるためっていう目的もある。

所持金は一気に『１６５５０Ｇ』に減ってしまったが、必要経費だと割り切ろう。

「ご主人様は探知のスキルも持っているのですね……」

ミアが驚きに目を見開いている。

持っているというか、今購入したというか……

ミアには俺が元々探知スキルを持っていたように見えるだろう。

ミアのキラキラとした視線がこそばゆくて、それを誤魔化すように指示を出す。

「ミア、俺が先頭に立って魔物を探す。何か異変があったら教えてくれ」

「は、はい」

少しだけミアの体が強張っていた。

魔物が怖いのか、それとも知らない場所に俺たちだけで入ることによる緊張か。

確か精神を落ち着かせることのできるスキルもあったとは思うけど、これ以上スキルで所持金を減らす余裕がない。

早めに慣れてもらうしかないだろう。

「ご主人様」

「どうした？」

「お守りします……絶対にっ」

ミアは周囲を警戒しながらそう言ってくる。短剣を持つ手に力が込められていた。

……俺のことを考えてくれるのは嬉しい。だけどここでは自分を第一に考えてほしかった。

「ミア、自分のことも考えてくれ。もし万が一があったら、俺を置いて逃げてもいい」

「絶対に嫌です」

俺はその返答に驚いた。

それはミアが初めて見せる強い意志だった。

「ご主人様……後でどんな罰でも受けさせて頂きます。死んでも構いません。だから――どうか、ご主人様と一緒にいさせてください……」

そこで俺は自分が馬鹿だったことに気付いた。

ミアの気持ちを考えてなかった。

ずっと一人だった俺にとってミアは特別な存在だ。死んでほしくないと思っている。

それはミアも一緒なのかもしれない。

「……分かった」

結局俺はそう答えるしかなかった。

それなら絶対に守らないとな。自分も、ミアも。

決意を固めるように俺は周囲の警戒を始めて山の中へ踏み出した。

まだ昼だというのに薄暗い山の中を俺たちは進んでいた。

「こっちだな」

探知に敵の気配を感じる。

気配の感じからして弱い……多分スライムクラスだと思う。

「ご主人様……グリーンスライムです」

案の定、向かった先には緑色のスライムが待ち構えていた。

ちなみにグリーンスライムの魔核はたとえ亜種でも普通のスライムと値段は変わらない。

その色は、特定の薬草や、雑草を摂取しすぎて変わっただけではないかと言われている。

なんにしてもやることは変わらない。

「喰らえ!!」

攻撃を加えると、グリーンスライムはそのままドロリと溶け、形を失う。

これで今日の収穫はスライム4匹になった。内訳は、俺が1匹、ミアが3匹。

ミアが魔物を倒すことに抵抗がないのは嬉しい誤算だった。

これだけ順調に進んでいるのは、ミアの戦力の高さもあった。

加えて、『探知』スキルの存在が大きい。

少し移動するだけで、木や小動物の微細な情報までもが頭に入ってくる。

勿論、魔物の居場所も分かるので、不意を衝かれることはまずないし、逆に不意打ちだってできそうだ。

だけどそれは、逆を言えば短時間で多くの情報を処理しないといけないってことを意味する。

要するに……疲れた。

探索した時間は2時間程度だけど、消耗が大きい。

だけど、借金のこともあるし、急ぎたい。

余裕が全くないわけじゃないから、もう少し頑張るとしよう。そう思っていると――

「あの、ご主人様……」

ミアが声をかけてきた。

咄嗟に警戒し、周囲を『探知』で確認するけど何もなかった。

「なんだ？　なにかあったか？」

ミアに聞くと彼女は申し訳なさそうに言ってくる。

「申し訳ありません……少し休ませていただけないでしょうか？」

「別に構わないけど、疲れたのか？」

ミアは女の子だし、慣れない山道だったから俺が思う以上に疲労してたのかもしれない。身体能力強化持ちだから、自分とミアのペース配分を見誤ったのかな。

「はい……ごめんなさい……」

ミアは、もう一度謝って頭を下げると、猫耳をぺたんとさせる。

「謝ることじゃないさ、俺も丁度疲れてきてたんだ」

休むこと自体は悪いことじゃないし、休める時に休んでおかないと動きが鈍る。

それは自分に対しても言えることだけど――――って、もしかして……

ミアをもう一度よく確認してみると、息一つ切れていない。もしかして気を使わせてしまったのか。

もしそうならミアにかっこ悪いところを見せてしまったことになる。

心境は複雑だったけど、無性に嬉しかった。誰かに気を使ってもらえることが懐かしい。

ミアの健気な気遣いがとても愛おしいと感じた。

「……あとでまた頭撫でさせてくれないかな」

その言葉は、俺の口から勝手に出てきた。

咄嗟に出た言葉に俺自身驚きながらもミアの反応を見ると、尻尾が嬉しそうにゆっくり揺れていた。

「っ！　は、はいっ！　喜んでっ！」

ミアは元気よく頷いた。ミアに嫌がられなかったことに安堵する。

俺は人の温もりに飢えていたのかもしれない。

一緒に寝たいと言ったミアの気持ちが今なら分かる気がした。

……なんだろう。今ちょっと自分が邪なことを考えたような気がして、ちょっと焦る。

いや、大丈夫だ……頭を撫でるのは健全な愛情表現だ。

ミアは妹みたいなものだし。

変な意味はないと、内心で必死に言い訳を繰り返すのだった。

◇◇◇

「ふ～……」

森の中の少し開けた場所で俺たちは足を止めていた。少し背の高い木立の日陰で一息つく。

その場に止まって水分を取りながら『探知』スキルを使用する。移動しながらよりも情報量が少ないため、疲労も格段に少ない。

のんびりできるな……

「ミアも少し休んだらどうだ？」

ミアはさっきから周囲を警戒して、全く休みを取っていない。

一応、この休憩ってミアが疲れたから取ってることになるんだよな……？

「いえ、奴隷としてご主人様を第一に考えるのは当然のことです」

その気持ち自体は嬉しいんだけど、なんか張り詰めすぎなんだよな。

ミアだって疲れてるだろうに。

『探知』を使ってるし、そこまで大きな危険はなさそうだけど。

「っ！　ご主人様……！」

地面にお尻をついて休んでいると、ミアが小さく俺を呼ぶ。

警戒していたこともあり、『探知』を使っている俺よりも気づくのが一瞬早かった。

「ああ……これは、ゴブリンか？」

『探知』はスライムより大きい一つの気配を感じ取っていた。

スライムより大きいと言っても、俺たちよりは少し小さい気がする。レベル2の『探知』では不正確だけど、多分そうだろう。

俺は立ち上がると、ミアを連れてゴブリンの気配のある場所へと移動する。

「ミアは隠密を使いながら向こうから回り込んでくれ。気付かれないようならミアが後ろから攻撃……気付かれたなら俺が斬りかかる」

ミアに指示を出して、ゴブリンを前後から挟み込む。

茂みに隠れながら見つからないように移動していく。今のところ気づかれてないようだ……

そして俺は、ミアに合図を出す。

後ろからゴブリンに接近する彼女の動きは驚くほど速かった。

「ぎ!?」

ゴブリンはミアが接触する直前で気づいたけど、それはもう遅かった。

距離は僅か数m。

ゴブリンは抵抗らしい抵抗を見せることなく、ミアの短剣に首を斬られ、血を噴き出して死んだ。

「ミア、お疲れ様」

ミアに駆け寄ると、俺はゴブリンを倒したミアを労《ねぎら》う。

俺はこれで確信した。ミアは魔物との戦いに慣れていると。

少なくともゴブリンに恐怖を感じている様子はなかった。

「奴隷として当然です」

奴隷として、か……

それは、ミアが自分の命を軽く考えているということだ。

そう考えると、俺は少し怖くなった。

俺とミアは短い付き合いだが、正直情が湧いている。

もう一人は嫌だった……だからミアを失いたくない。

ミアが緊張していたのは俺がいたからなのだろうか。

俺はミアを守ろうとしていた。だけどミアからしたら、どの程度戦えるか分からない俺のほうが心配だったのかもしれない。

ミアはスキルレベルは低いけど、戦闘系のスキルが豊富なようだ。

経験という意味では、決して弱くないのかもしれない。

「なあ、ミア……」

俺は思わず口に出そうになるけど、寸止めした。

「ご主人様?」

ミアが不思議そうにこっちを見てくる。とても無垢な赤い瞳でこちらを見つめてくる。

「いや、ごめん、なんでもない」

ミアがなぜ奴隷になったのか。なぜ親に売られたのか。

なんで、そんなに戦い慣れているのか。

それらが気にならないと言えば嘘になる。だけどこれは無遠慮に踏み込むべき問題じゃない。

いつか、ミアから話してくれる日が来るのだろうか。

俺もいつか自分のこの力をミアに話せる日が来るんだろうか。

分からない。

もしかしたらそんな日は来ないのかもしれない。

だけど。

命令なんかしなくても、主人と奴隷なんて関係じゃなかったとしても。

もしもお互いが信頼しあえて……辛い過去も話すことができたなら。

そんな日がもし来たら――きっとそれは幸せなんだろうなと。そんなことを思った。

◇　◇　◇

あの後、俺とミアはゴブリンとスライムを追加で数匹倒して山を下りた。

オーククラスの強い魔物と遭遇しなかったのは運がよかった。

探知できるなら逃げることはできると思うけど予想外のことが起こらないとも限らないからな。

俺たちは山を下りると、住み慣れた家へと着き一息つく。

暖炉以外特に目立つ物のない、質素な部屋に置かれた椅子に座り、くつろぐ。

「あー……疲れた！」

今日山へ行って得た成果を布袋から出して確認する。

それを、目の前の木製のテーブルの上にバラまくと、大小合わせて9個の魔核が転がる。

今日の収穫はミアの頑張りが大きかった。

彼女は俺のために必死に働いてくれたのだ。

「スライムの魔核7個とゴブリンの魔核が2個ですか」

ミアも近くに寄ってきて、覗き込む。

「あぁ、一日でこれだけの数が期待できるなら、思ったより早く貯まりそうだ」

何も聞かずに俺の言うことを聞いてくれているけど、ミアは俺のことを疑問に思わないのだろうか。

ありがたいことではあるけど、俺自身知ってほしいという気持ちもあるし、少しくらいなら教えてもいいのかもしれない。

ミアがすすっと寄ってくる。

「魔核というのは一つでいくらするのでしょう？」

「魔物の種類や、魔核の大きさなんかで多少は変動するだろうけど……」

スライムで300Gくらい。ゴブリンは分からないけど、スライム以下ってことはないだろう。

そうなると今回の収穫では最低でも3000Gの収入が入ったってことになる。

憶測を伝えるとミアはさらに傍に寄ってきた。

「……」

なんかやたらと近い。女の子の甘い匂いがする。

何かを期待されている気がした。けど、俺にはそれが何なのか見当がつかない。

「なあ、ミア」

「はいっ」

え？　なに？　尻尾がふにふに動いてるんだけど。

凄い嬉しそうだけど……え？　なに？

「……どうした？」

何も思い当たらないので正直に言うことに。

「え…………」

ミアにこの世の終わりみたいな顔をされた。猫耳と尻尾が一気に元気を失う。

胸が締め付けられるようなすごい罪悪感を覚えた。

「ご、ごめんなさい……」

悲しそうな……というより泣きそうな顔をしながら、ミアは後ろに下がる。

目の端に涙が滲んでいる。それを見た俺は焦った。

ミアが近寄ってくる理由ってなんだろう？

彼女のよく分からない反応に内心慌てながら脳をフル回転させる。

「あ……」

もしかして頭を撫でたいって言ったことか？

３０００Ｇのことで頭がいっぱいで忘れてた。

言い訳するなら、こんなに儲けが出たのは初めてというのもあった。

けど、これが間違ってたらちょっと恥ずかしい。

それでも他に思い当たることもないのでミアに聞いてみる。

「ミア、頭撫でたいって言ったの覚えてるか？」

「ぁ……は、はいっ！」

食い気味に返事をするミア。

分かりやすかった……ちょっと可愛かった。

「あの……お願いします……」

膝をついて頭を差し出してくる。期待するように上目遣いだ。

そんなに緊張されると、こっちも緊張するんだけど……いや、撫でるだけだ。

落ち着こう……無心で撫でよう。

「ん……っ」

頭に手を乗せた……さらさらとした髪の感触が心地良い。

撫でるごとに横にある猫耳が動くのが目を楽しませてくれる。

これは……病みつきになりそう。

「ぁ……ぁっ……ん……っ」

頭を撫でるとミアの体の震えが伝わってくる。

なんだろう……ミアの反応がおかしい。頬を紅潮させて、息を荒くしている。

え、なに？　発作？

「ハァ、ハァ……っ……！」

ついに切なそうに腰をモジモジさせ始めた。

赤い瞳を潤ませ、口からは抑えきれない喘《あえ》ぎにも似た吐息が。

「……ありがとう」

俺は頭から手を離す。少し名残惜しいな。

やたらと残念そうに「ぁ……」って、言われたけど、もう無理だと思う。

この反応はほんとに駄目だと思う。色々とギリギリだ。

「ミア……」

「な……なんでしょう……？」

ハァハァしながらミアはこちらを見上げてくる。

赤い瞳はうるうると潤んで、どことなく俺に媚びているような印象さえ与える。

「またいつか撫でされてくれ」

「っ！　は、はいっ、喜んでっ！」

嬉しそうなミアを見ていると、自分が汚れている気がした。別にやましいことをしているわけでもないのに。

自分でも意外だったのだが、俺は猫耳萌えだったのかもしれない。

しかし、なんというか。さっきの反応はほんとに……いやいや、ミアは妹みたいなものだ。

そんな彼女にそのような感情を抱くわけにはいかない。一線は越えちゃだめだ。

言い訳を繰り返しながらほんの少しの罪悪感と共に、俺は立派なご主人様でいようと決意するのだった。

また撫でさせてもらえるように。俺も主人として、男として胸を張りたい。

◇◇◇

その日のうちにギムルの街へと向かった。

街の人間たちが行き交う中を俺とミアは進んだ。

そして、いつものように冒険者ギルドへと行き、魔核を布袋ごとミアに渡す。

「魔核は全部売ろうと思う」

「はいっ、いってきますっ」

もっと強い魔物の核が取れたら小分けにして売るつもりだったけどな。

けどスライムとゴブリン程度なら、しばらく貯めていた魔核を一気に売りに来たとか……言い訳はできると思う。

フードで顔を隠したミアがギルドの中に魔核を持って行く。

俺は外で待っている。

大丈夫だよな……？　なんかそわそわする。

正直俺自身ここまでミアに感情移入するとは思っていなかった。

割り切るつもりでいたけど、今ではミアを大事な仲間だと思っている。

妹を持つ兄の気持ちはきっとこんな感じなのだろう。シスコン気味なのはこの際置いておこう。

「ご主人様ー！」

しばらくしてギルドの扉が開いて、ミアが戻ってきた。

心配したけど、それは杞憂だったみたいだ。

その顔にはやり遂げた満足感が浮かんでいて、俺は一安心するのだった。

「ミア、大丈夫だったか？」

「ハイっ、ご主人様に言われた通りにできました！」

ミアが俺に渡してきたのは４３００Gだった。

質がいいものが混ざっていたのか、それともゴブリンの魔核が高かったのか予想よりもちょっと多い。

あとで詳細を聞くとしよう。

「絡まれたりしなかったか？」

「大丈夫でした」

そうか……まあ、何事もなくてよかった。

ちょっと過保護かもしれないけどミアに何かあったらと思うと不安になる。

何年も一人だった反動なのか、自分に懐いてくれるミアにだんだん依存していってる気がする……


「……？　どうした？」

俺が心配していると、ミアはやたら嬉しそうにしていた。

「ぁ、ご主人様が私のことを心配してくださっているのが嬉しくて……」

本当に嬉しそうにフードから見える口元を緩ませていた。

何を今更って感じだ。

「んぁ……っ……！　ご、ご主人様……!?」

答える代わりに頭を撫でた。

小さく悶《もだ》えるようにしているミアを見て苦笑する。

やっぱり反応がおかしい気がするけどそんなところも愛おしく思えた。

さて、今はそれは置いておくとして……

『偽装』スキルと頭の中で念じる。

偽装（1）『5000G』

5000Gか……今の所持金は2万と850Gだ。
買えるには買えるけど、もっと余裕ができてからの方がいいよな。
偽装スキルを買っても生活に余裕ができる所持金……よし、決めた。
俺は10万Gを目標にすることにした。
これだけあればレアスキルを1個取っても問題ないと思う。
俺が強くなればミアの負担も減るしな。
今回儲けた額を考えたら1か月以内に届きそうだ。
そうしたらいくつかスキルを取ろう。
だけど魔核をずっと売るってのも目立つよな……

子供がどこでそんなに魔物を狩ってるんだって話になる。

なんとか魔核以外の効率良く稼ぐ手段はないものか……

そこまで考えたところである可能性を考える。

「？　どうしました？」

「いや、ちょっと思いついたことがあってな、明日試してみようと思う」

成功したら儲けものだし、成功しなくても損はほとんどない。

まあ、なんにせよ明日だな。

俺は成功を願ってミアと一緒に家へと帰った。

◇　◇　◇

翌日。

いつものようにゴド山へとやってきた俺とミア。

山の麓の辺りで俺は思いついた考えを実行するためさっそく万能通貨のスキルを使用した。

「この山にある銀貨以上の価値を持った貨幣の位置情報」

この山は少ないけど冒険者の出入りもある。

偶然落とすかもしれないし、命を落とした冒険者の持っていた硬貨がそのままという可能性は十分にある。

普通に探したら気が遠くなるようなことでも、このスキルがあるなら取りこぼすことなく知ることができる。

銀貨以上に限定したのは細かいもので時間を潰すくらいだったら魔核の方がいいと判断したためだ。

そして、言葉にした瞬間、その文字が頭の中に浮かぶ。

貨幣の位置情報（銀貨以上）
「ゴド山全域」　『5000G』

貨幣の位置情報（銀貨以上）
「自身を中心とした半径１キロ」　『1000G』

よし。
思わず口元を緩ませる。
こういう情報は大きい。
購入できなくても損はないし、購入できるなら試す価値は十分にある。

（そうだな……さすがに5000Gを試すのは怖いな……安い方を買うか）

貨幣の位置情報（銀貨以上）「自身を中心とした半径1キロ」『1000G』を購入する。

すると地図スキルが発動して、赤い点がその中に表示された。

てっきり情報が直接頭に流れてくるかと思ったけど……

スキルに気遣いができるとは思えないけど、ありがたかった。

「ミア、こっちだ」

しばらく視界が悪い山道を歩く。

勿論『探知』スキルを発動しながら周囲を警戒する。

地図で自分の現在地と赤い点が重なるように動いていく。

「この辺りだな……ミア、この近くに硬貨が落ちてると思うんだが」

地面に視線を落として周囲を調べる。

勿論探知を発動しながら魔物の警戒も怠らない。

「お、あったあった」

そこに落ちていたのは泥に汚れた1枚の銀貨だった。

比較的新しい硬貨なのか、指で擦ると綺麗な銀色の輝きが反射した。

銀貨は1枚1000Gだ。

つまりこれだけで情報分の利益を得たことになる。

「あ、あの……、ご主人様」

ミアが俺を呼ぶ。
なんだろうと振り返ってミアを見た。
「ご主人様のその御力は……」
ミアは恐る恐るといった様子で聞いてきた。
彼女のことだから力を怖がっているわけではないと思う。
何となく俺の機嫌を損ねないか心配をしている気がした。
確かに気になるのは分かる。
体力、健康状態を回復させて、スキルを手に入れて、物の位置情報まで把握できる。
常識で考えたらありえない力だ。
もしかしたらミアは純粋に俺のことを知りたいだけだったのかもしれない。
俺としてもミアにになら話してもいいと思えた。
「ミア……それは聞くな、命令だ」
だけど俺はそう言って話を無理矢理切ってしまった。
咄嗟とはいえ自分が発した言葉の冷たさに驚く。
ミアは慌てて頭を下げてきた。
「っ……！　も、申し訳ありませんっ！」
ミアが謝る姿を見て俺は、自分がつい先ほど口にした言葉を思い出す。
命令……

奴隷は主に絶対服従だ。
命令すればミアから聞くことは絶対にできなくなる。
俺はミアが俺が困るようなことをするやつじゃないって分かってる。
俺自身も教えてもいいいと思っていた。
だけどいざその時になって、怖くなった。
言いたかった。
信じてるから、と。
そう言って全部伝えたかった。
命令なんてしなくても、俺はミアを信じてるって……
この感覚は覚えがある。
絶対的な信頼感。
この人なら大丈夫だと無条件に信じていた。
信じてた……何も考えずに、ただ信じてた。
そして――――それが裏切られた時の絶望感。
信じたくて、信じてほしくて……だけど、それなのに勝手に怖がって遠ざける。
我ながら自分勝手だなと思う。
目の前の女の子一人信じることのできない自分に反吐《へど》が出る。
(あー……やめよう、なんか落ち込んできた)

ふとミアが気になり、目を向けてみると、俺の言い方を気にしているのか、その顔は俯きかげんで、少し落ち込んでいるようにも見えた。

考えを振り払って気を取り直した。

硬貨の位置情報である赤い点を目安に次の場所へと向かう。

少しおかしな空気になってしまったけど、気まずくなった俺たちに反して硬貨は面白いほど順調に集まった。

途中で出たスライムとゴブリンも倒すことに成功する。

成果は金貨2枚、銀貨6枚、スライムの魔核4個、ゴブリンの魔核1個だ。

魔核は布袋に仕舞って、硬貨をスキルに吸収させる。

これで4万5850G。

一気に倍以上に増えた。

大量に拾うことはできないけど、やはり魔核を集めるよりこっちのほうが効率的だと分かった。

目論見は成功……いや、大成功と言ってもいいだろう。

だけど今日もオークは出なかった。

探知で警戒し続けてる俺としては少し拍子抜けではあるけど、安堵の方が大きい。

このまま出ないでいてくれたら助かるんだけどな……

「？」

その時おかしな反応があった。

少しだけ俺は動きを止める。

「ご主人様？」

俺の微妙な変化を察知したのか、ミアが俺を呼ぶ。

けど、今の俺にはそのことより、地図上の反応のほうが気になった。

なんだろう……今、一瞬だけど……

大量の硬貨の反応がちょっとだけ見えて、消えたみたいな……

「いや、なんでもない」

さすがにあの量はありえない。

もう地図上には何の反応もないしな。

でも――

しばらく移動する。

移動しながら考える。

懸念は消えない。

ふと財宝のことを思い出した。

まさか……存在したのか？

「……」

駄目だ、やっぱり気になる。

「ミア、ちょっとだけ戻ろう」

俺が早足で歩くとミアは慌ててついてきた。

少しだけ緊張しながらその場へ戻る。

その周辺を行き来して何度も確認をする……だけどやはり反応は何もなかった。

(なにもないな……スキルが間違ってるとも思えないし、やっぱりさっきのは見間違いだったか？)

疲れてるんだろう。

今日は早めに切り上げてゆっくり休むとしよう。

で、街で魔核を売ってスキルに吸収させる。

所持金　『48010G』

全額でこうなった。

いまだにちょっと重い空気だった。

今更ではあるのだが、さすがに命令までするのはやりすぎだった。

コミュニケーション能力が低い俺はこういう時の経験がなくどうしていいのか分からない。

ミアもそのことを気にしているようだったけど、俺がヘタレなせいで会話もなく家へと帰った。

家に入り少し落ち着いてからミアに伝える。

「『偽装』スキルを手に入れようと思う」

ミアは何かを聞きたそうな顔をしていたけど、さっきのこともありそれ以上詮索してはいけないと思ったのかそれ以上の反応は示さなかった。

◇ ◇ ◇

目標の10万には届いていないけど、硬貨の位置情報で効率よく集められることが分かったからな。

偽装に関しては余裕があるなら早い方がいいと思っていたのでさっそく購入することにする。

これでミアが魔核を一人で売りに行かなくても大丈夫になる。

彼女の負担も減るだろう。

さっそく万能通貨を使い購入できるスキル一覧を開く。

勿論購入する項目は『偽装』スキルだ。

――スキル『偽装』を取得しました。

続けてレベル2を購入する。
レアスキルのレベル2は1万Gだ。
今の俺にはかなり高額で一気に1万5000G消費して残りは3万3010Gに。
だけどその価値はあったと思う。偽装のレベル2は詳細鑑定をも欺く。
これで、ステータスが見られることはまずなくなった。
所持金は一気に減ったが、肩の荷が下りた気分である。
念のため、スキルを確認する。

ベルハルト
スキル　剣術（1）
　　　　鑑定（1）
偽装中　万能通貨
　　　　地図（1）
　　　　身体能力強化（1）
　　　　探知（2）
　　　　偽装（2）

「ミア、これからは俺が魔核を売りに行くよ」

「……………」

ミアは返事をよこさない。

何か考え事をしているのかどこかボーっとしたままだった。

「？　ミア？」

「ぁ、な、なんでもないです……」

力のない細い声。

なんだろう？

なぜそんな悲しそうな顔をしているのか。

やっぱりさっきのことは言いすぎたのかもしれない。

「ミア、近いうちに話がある」

ある程度気持ちの整理ができたら、俺のことを聞いてほしい。

すぐには無理だけど俺はミアを信用している。

だからそれまで待っていてほしい。

そう思って言ったのだが……

「っ！」

なぜか泣きそうな顔をされた。

必死に涙を堪えているのが分かる。

こんなに悲しそうにされたのは初めてかもしれない。

「ミア？　どうした？」

「い、いえっ、なんでも、ありません……」

さっきから元気がない。

無理に聞くわけにもいかないので俺は何もできない。

そう思っていたらしばらくするとミアにも明るさが戻った。

空元気の気もするけど……

聞いた方がいいとは思いつつ、結局そのまま夜を迎える。

俺とミアはあの日から一緒に寝ている。

最初の数日は緊張してなかなか眠れなかった。

だけど俺もだいぶ慣れてきて今では一緒でないと落ち着かないほどだ。

「ご主人様……」

寝言でミアが俺を呼ぶ。

いつもより近い距離だった。

自分の体を俺に押し付けて、甘えるようにくっついてくる。

少し寝苦しいほどだけど、ミアが安心するならとそのまま眠りについた。

◇　◇　◇

その日は珍しくミアの方が早く起きた。
いつもは俺のほうが先なのだが、俺が起きた時には既に隣にミアの姿はなかった。
目を擦りながら部屋を見回すと起床していたミアが朝の挨拶をしてくれる。
今日に限ってなぜだろう？
不思議に思いながらも俺は支度を整えていつもの山へと向かった。
そして、ゴド山に到着して硬貨と魔物を探しながらしばらく。
そこでもミアの様子はおかしかった。
鬼気迫るっていうか……必死すぎるくらい必死だった。
何とか俺の役に立とうとしてるみたいな。
やる気があるのはいいことだけど……肩に力を入れすぎだ。
「よし、今日はこのくらいにしておくか」
スライムの魔核５個と落ちていた銀貨４枚だ。
昨日よりは少ないけど十分だろう。
「あのっ、も、もう少しだけ……集めませんか？」
少しだけびっくりした。
……珍しいな。
ミアが自分の意見を言うのは本当に珍しい。

いつも後ろからついてくる感じだったんだけど。

俺としてもミアの意見は聞きたい。

だけどもう山に入ってかなり経つ。

街に行く時間もなくなるし、何より体力を減らした状態で魔物と遭遇するのは危険だ。

やる気を出してるミアには申し訳ないが、今日はここまでにしよう。

そう伝えると——

「ご主人様……」

「ん？」

涙声だった。

声は震えて、抑えきれない悲しみに表情を歪めている。

「わたしは……もう、必要ないので……しょうか……っ」

ミアは頭を地面に擦りつける。

人としての尊厳を全て捨て去るような土下座。

俺は疑問符を浮かべる。

「お、お願いじまずっ、ずでないで、なんでもじまずっ、だ、だがら……ゔゔぇえええええええっんっ!!」

ミアの行動はたまに意味が分からないけど、今日が一番分からない。

「お、おい、ミア？　どうしたっ？」

探知することも忘れて慌ててミアに駆け寄ってミアをなんとか落ち着かせるために声をかける。

俺は必死でミアを慰め、そのかいあってか、しばらくしてようやくミアが落ち着く。

まだちょっと泣いてるけど……顔をぐしゃぐしゃにしながら答えてくれた。

「……私にはご主人様のお力が何なのかは分かりません……分かりませんが……偽装スキルを取得されたのですよね……？　……ご主人様のお力は……鑑定されなくなりました……だから、わ、私はもう……」

やっと俺は理解する。

ミアは俺が偽装スキルを手に入れたから自分が捨てられると思ったのだ。

確かに、目立ちたくないと思って奴隷を買ったのは間違いない。

実際ミアと出会った日にも彼女にはそう説明している。

「……それに、私が何も考えずにあんなことを聞いて……！」

あー……やっぱり気にしてたのか。

冷たくしちゃったからな。

あの後まともなフォローをしなかったのもまずかった。

ミアは色々なことを悪い方向に考えてしまったようだ。

「ミア、俺は別に怒ってない。むしろきつく言いすぎた……ごめん」

それに――――と、続ける。

「俺にはミアが必要だ」

俺は断言する。

まだ信じ切ることはできないかもしれない。

だけど、それでも目の前の少女がいなくなったら困る。

「……………え?」

「偽装スキルがあっても、いや、どんな力があったとしても俺にはミアが必要だよ」

もう一人は嫌だ。

広いだけの家に一人でいるのはもうたくさんだ。

「お、お傍にいさせて、くださるのですか……?」

ミアの不安そうに潤んだ瞳が石を投げ入れた水面のように揺らぐ。

そんなミアを安心させるように俺は頷いた。

「ありがとう、ございます……! ありがとうございますぅ……!」

泣き続けるミアが落ち着くまで、俺は黙って待った。

どれほど心配をかけたのか、彼女の泣き声を聞けば痛いほどわかってしまう。

これ、ちゃんと説明しないといけないよなあ……力のこともあるけど、借金のこととか。

それを聞いてもついて来てくれるかは分からないけど……

普通に考えて借金のあるやつと一緒にいていい気はしないだろう。

それにこの力も不気味だと思う。

俺はそのことでミアが離れたいと言っても、受け入れるつもりだ。

たとえミアに逃げられても、拒まれても、怖がられても。

悪い予感は色々浮かぶ。

だけど、それでも――

ミアはきっと一緒にいてくれるんだろうなと、何の根拠もなく思った。

◇◇◇

あの後俺たちは、魔核を買い取ってもらうため、ギムルの街のギルドに向かった。

最初に訪れた時は緊張してたこともあり気付かなかったけど、その建物は案外広く、奥の方まで続いているようだった。

建物内は少し薄暗く、奥では数人の冒険者と思われる人たちがカウンターで話していたり、テーブルに集まり何かを話していた。


俺たちは、そこでスライムの魔核5個を買い取ってもらった。

そのついでにミアにはギルドの簡易鑑定を受けてもらった。

ミアがスキルを取得したと言ってきたからだ。

確かに山を下りるときのミアの動きが明らかに良くなっていた。

鑑定をしたのは確認のためだ。

ミア	
スキル	短剣術（1）
	危機感知（1）
	隠密（2）
	狂化（3）
	忠誠（1）

その結果がこれだ。

ミアの言っていた通りスキルが増えていた。

俺のように購入したわけでもないのにだ。

増えたのは忠誠というスキルだった。

聞き覚えのないスキルだったので、帰宅後すぐに家でスキル辞典を引っ張り出して調べてみた。

効果は、忠誠を誓った存在が近くにいるとステータスに補正がかかる。というものらしい。

「ご主人様？　どうされました？」

やたらと距離が近い。

歩きながらたまに腕が触れ合いそうになるほどだ。

正直歩きにくいのだが、ミアが嬉しそうなので良しとしよう。

たぶん、ミアの誤解が解けて俺がミアに必要だと言ったあたりからだろう。

俺としても可愛い妹分に懐かれて悪い気はしない。

「あの、ご主人様……」

そんないつもより近い距離からミアが声をかけてきた。

「その……冒険者の人たちがご主人様を見ていた気がするのですが……」

それは俺も感じていた。

目を付けられて絡まれやすかったという意味では、俺は有名人だ。

しばらく顔を見せていなかったから物珍しさもあったのかもしれない。

「ご主人様……魔核は私が売りに行った方がいいのでは……」

「別に殺されるってわけじゃない、精々絡まれるくらいだから大丈夫だと思うぞ？」

それにミアにもしものことがあったらと考えると心配だ。

一人で行かせてしまうとその間に外で待つことになるのだが、心臓に悪い。

もしミアが変な男とかに絡まれたらと思うと……うん、やっぱ駄目。

「で、ですがっ」

ミアだって俺のことを心配してくれている。

申し訳ないと思うけど、もう少しだけ我慢してほしい。

俺は何か言いたそうにしているミアを誤魔化すように彼女の頭を撫でた。

「ふぁぁっ!?　ご、ご主人様……っ!?」

ミアがすぐに表情をトロンとさせる。

何となくコツが分かってきた。

この頭の少し前の辺りを優しく撫でるとミアの反応がいいのだ。

街中ではミアのこの姿をあまり見られたくないのでやらないけど、もう自宅は目の前だ。

誰に見られる心配もないので遠慮なく撫でる。

「よし、ご飯にしよう」

頭から手を退《ど》けて、家の扉をくぐると街の露店で買い込んだ食材で夕食の準備をする。

後ろから「うぅ……ずるいです……卑怯すぎます……」とか聞こえるけど、気にしない。

具材を煮込んで、スープに塩を振りながらこれからを考える。

今のところ金集めは順調だ。

今まで意識したことはないけど、硬貨ってのは意外と落ちてるもんなんだな。

少し多く取れすぎな気もするけど、位置が分かる人間なんて俺以外にいないのだから、こういうものなのだと思うことにした。

猶予がまだ1年以上あることを考えたら余裕がある。

借金返済をする目途が立ってきたことに内心で安堵した。

(そろそろ戦力的にも充実させたほうがいいかもな……)

そう考えた俺はその夜にスキルを購入した。

ベルハルト
スキル　剣術（1）
　　　　鑑定（1）
偽装中　万能通貨
　　　　地図（1）
　　　　身体能力強化（3）
　　　　探知（2）
　　　　偽装（2）

身体能力強化（3）を購入した理由は単純な戦力の強化だ。

思った以上にこのスキルが役に立つ場面があったので、レベルを上げてみたのだ。

あとミアに良いところを見せたかったからだな。

ミアはスキルの豊富さもあり意外と強い。

そうなると俺の活躍が減ってしまうのだ。

別にミアはそのくらいでマイナスな感情は抱かないと思うが、やはり俺としてはいいところを見せたかった。

ようするに見栄だな。

レア度の低いコモンスキルは比較的安く購入ができる。
レベル1から3まで一気に上げたというのに700G。
一気にここまで上げるのは普通に考えたら5年はかかるだろう。
それを考えたら相当安い。
この選択が最善だったかは分からないが、少なくとも効率が上がったことは確かだ。
次は探知のレベルを上げて、索敵範囲を増やしてみようかなと思っていたりする。
そういえば今いくら貯まってるのだろうと万能通貨内の所持金を確認した。

2万9710Gだった。

食材を多めに買ったのとスキルの購入で一気に少なくなった。
色々と順調だから気が大きくなっていたのかもしれない。
なんにせよ使いすぎた……と、少し反省した。

◇　◇　◇

「今日はいつもと違うルートで探索してみようと思う」
「分かりました」

俺たちは今日は通い慣れた道ではなく、違うルートから山へと入った。

ほかの場所に行ってみることも考えたけど、今ではここの地形にも慣れてきた。

足元や周囲に注意しながらも、俺たちの動きに最初の頃の硬さはない。

なのでルートを変えたりしながら、ここの探索を続けることにした。

「基本的には同じだけど、違うルートだから何が起こるか分からない、慎重にいこう」

「はいっ」

俺と話すだけで嬉しそうに顔が綻ぶ。

ミアの忠犬……いや、忠猫っぷりにも慣れてきた。

勿論それは嬉しい。

可愛い女の子に懐かれて思うことがないわけではない。

だけど同時に心配でもある。

俺にもしものことがあった時に何もなければいいんだけど……

「――――っ！」

探知に反応が出る。

だけど……違和感を覚える。

これはスライムやゴブリンじゃない。

探知で感じる気配だけでは分からない、けど……たぶんもっと強い魔物だ。

「ミア、あっちの方に強い魔物がいるんだけど分かるか？」

ミアがすぐに目を閉じて、集中する。

猫の耳がピクピクと動いて気配の場所を探っていた。

「オーク、だと思います……」

「……オークか」

嫌な思い出しかないな。

魔物としてのランクはD。

冒険者が複数人いてようやく倒せるってくらいの強さだ。

しかもこの山にはスキルを持ったオークもいる。

普通に考えたら子供二人で倒すのは不可能だ。

だけど今回は勝算もある。スキルを駆使すれば戦えるはずだ。

何よりオークの魔核はスライムやゴブリンよりも遥かに高いはずだ。

危険を冒す価値はあるだろう。

「倒したいけど……ミアはどう思う？」

オークは強い。

今までで一番の強敵だ。

そう考えたら背筋が震えた。

「そんなっ！　オークですよ!?」

「ミア、静かに」

声を荒らげたミアを何とか宥《なだ》める。

「す、すみません……ですが、オークは無理です……！　逃げましょう……っ」

ミアの心配も理解できる。常識から考えれば当然だ。

ゴブリンを恐れないミアでもこいつに関しては別らしい。

俺だって一度オークから死に物狂いで逃げた。

なぜかって、自分が弱かったから。

だけどこの山でGを稼ぐならオークは避けて通れない敵だ。

「借りは返す」

◇　◇　◇

木々がまばらに茂る、森の奥にそいつの姿はあった。

2mほどの巨体。

緑の体色の筋肉質な体が棍棒を握って、獲物を探すように辺りを見回していた。

オークの一撃は重い。当たり所によっては致命傷になる。

けど、俺たちが殴ってもそれはオークにとって致命傷になりえない。

分かりやすい戦力差。

ミアは最後まで反対していた。

スライムやゴブリンくらいなら大丈夫だけどオークはさすがに分が悪いと。

そこで、ミアには待機してもらうことにして俺が戦闘することになった。

たぶんミアの一撃だとオークに致命傷は与えられないのではないかと思ったから。

さらにいざという時に俺を担いで逃げてもらうという役目もある。

限界まで距離を詰める――

「っ」

オークが気付く、けど遅い。

俺とオークの距離はもう数mも離れていない。

身体能力強化のスキルを発動して、身体を強化すると、俺はそのまま突っ込んだ。

「GUOOOOOOOOOOOOッ!!」

ゴブリンやスライムとは比べ物にならない迫力。怒声だけで体が痺れた。

棍棒を俺目掛けて滅茶苦茶に振り回してくる。

俺が避けた先にある木に棍棒が当たれば、それだけで樹皮は抉《えぐ》れ、木の皮が宙を舞った。

なかなか素早い。気を抜けばその瞬間に命を刈り取られるかもしれない。

力任せの攻撃のくせにその一撃は流れるようだ。

ッヂ!!

掠っただけ。

けどそれだけで皮膚が裂けて、血が噴き出る。

「馬鹿力だな……」
頬の血を拭いながら、オークを見る。一切の油断もなくこちらを睨みつけてくる。
これ、剣で受けたら折られるだけじゃ済まないな……
そう思ってしまうほどの、攻撃の嵐。圧倒的なプレッシャーに吐きそうになる。
俺はオークの猛攻に対して慌てて距離をとる。
「っ！」
背中が木にぶつかる。オークのにやりとした笑いが見えた。
俺は一瞬それに気を取られた――ように見せかける。
ミアが悲鳴をあげた。
慌てたようにこちらへと駆けてくる。
オークが棍棒を振りかぶった。
俺は避けない。
ジッと動かずにオークを見る。
このタイミングではもう避けられない。
オークは俺を見下ろしながら獲物を叩き潰すために、頭上の棍棒に力を溜める。
「GOOOOOOOOOOッ！！」
俺は勝利を確信した。
だけどそれは向こうも同じだった。

今から俺の頭をかち割る想像でもしているのかもしれない。

だから俺は自分の勝利を疑ってもいないオークに聞こえるように言ってやった。

「穴」

予め買えることを確認しておいたそれを購入する。

「え？」

そう言ったのはミアか、あるいはオークの心の声でも聞こえたのかもしれない。

その瞬間、オークの踏みしめていた地面がすっと消え、勢いよくバランスを崩し、音を立てて倒れ込む。

オークはおそらく何が起こったか分かっていないだろう。

その証拠に、目の前のオークは動きを完全に止めて混乱していた。

剣を振りかぶり、体勢を崩し切っているオークの首に狙いを定める。

オークは慌てたように立ち上がろうとする、が――――それは叶わない。

鉄の剣がオークの命を刈り取る。

オークの肉質はやはり硬く、いくら身体能力強化を使っての攻撃でも一撃では首を完全に切り離すことはできなかった。

それでも出血が多く明らかな致命傷だ。

オークは力なく棍棒を振ろうとするが、腕に力が入らないのか、やがて完全に動きを止めた。

「ご主人様ッ！」

ミアが慌てて駆け寄ってくる。

もしもこの作戦で失敗したらミアにも参加してもらうつもりだった。

だけどミアの手を借りることなくオークを倒すことができた。

Dランクという強敵を一人で倒せたことに自分の成長を実感する。

「あっ、ち、血がっ！　ご主人様っ、お怪我を……！」

オークの攻撃が掠った時の怪我だろう。

出血は多く見えるけど大して深い傷でもない。

回復するまでもないと、放っておくことにした。

オークは冒険者の壁の一つとも言われている。

1対1で正面から倒せた冒険者は、それだけで称賛を浴びるほどだ。

搦《から》め手を使ったとはいえ、そいつを一人で倒せたことが嬉しかった。

そして何より目の前の少女に怪我がなくてよかった。

過程も結果もそれに比べたらどうでもいいとすら思える。

俺は安心させるようにミアに大丈夫だと言ってやった。

「ですがっ、す、すぐに治療を……っ」

ミアは心配性だった。

ちょっと意地悪してみたくなる……もしここで俺が痛がったらどんな反応をするのだろう。

悪戯心が湧き上がるけどさすがにそれはミアが泣きそうなのでやめておこうと思いとどまった。

「帰ろう、疲れた」

オークの魔核はいくらになるだろうかと、ワクワクした。

俺は装備を仕舞い、オークの解体を始める。

ミアはまだ何か言いたそうにしていたけど、もう一度大丈夫だと言ってやる。

「……分かりました。あの……ですが、今のは一体……」

「内緒だ内緒、ほらいくぞ」

ミアにはまだ万能通貨のスキルで何ができるのかを知らせていない。

精々回復魔法を持ってるとか、スキルを取得できる才能がある、とか思っていたのかもしれない。

だから、突然オークが体勢を崩した理由が分からなかった。

まだ何か言いたそうなミア。

そんな気配に背を向けて、考える。

確かに心配させてしまったのは事実だ。それで揉めてしまったこともある。

何かご褒美でもあげたほうがいいのかもしれないな。苦労をかけてしまったし。

そう思ってミアに提案してみる、するとミアは――

「うぅ……誤魔化してませんか……？」

「じゃあご褒美はいらないんだな？」

うっ、とミアが呻き声のようなものをあげる。

色々と頭の中で天秤にかけているのだろう。

その結果。

「あ、あの……それなら」

ミアは少し恥ずかしそうに言い淀む。

俺が黙ってミアの言葉の続きを待つと、彼女は意を決して頼んできた。

「ご主人様！」

ミアの勢いに思わず呑まれる。そんなに緊張されるとこっちも緊張するんだが。

「膝枕をさせてくださいッ!!」

勢い強いな。あと顔が近い。って、今なんて言った？

「お、おう……いいけど」

するとミアがパーッと顔色を明るくさせる。そういうのはむしろこっちがお願いする立場では？

「ほ、本当ですか!?　私の汚い脚に頭を乗せてくださるんですか!?」

「汚くはないと思うけど……まあ、そんなことでいいなら」

喜ぶミアを見て俺は苦笑を浮かべた。この子に怪我がなくてよかった……うん、本当に。

ミアになにかあったら、俺は自分が傷つくよりも、もっと後悔していただろう。

ギルド

ギムルの街に到着すると、俺たちはさっそく冒険者ギルドへ向かった。

建物の入り口付近にある素材の買取場所につくと、担当者に声をかけた。

「すみません、魔核の買取をお願いしたいんですけど」

担当の人は毎日違っていて、今日は綺麗なお姉さんだった。

ギルドの職員って美人が多いんだな。

そんなことを考えていると、隣にいたミアが少しだけ不機嫌そうにそわそわしだした。

ミアのことだから嫉妬してくれているのかもしれない。

確かにギルドの人間は美男美女が多いけど、それでもミアが一番可愛いと思うのは贔屓目《ひいき》なのだろうか。

「はい、何の魔核でしょう?」

少し高い声を室内に響かせ、聞いてくる担当者に、俺は少しだけ声を抑えて伝えた。

「オークです」

俺がそう言うと、担当の人は動きを止めて目をぱちくりさせた。

その担当者は少しだけ間をあけて、もう一度聞き返してくる。

「え？　すみません、もう一度」

担当者は明らかに俺のことを疑ってるみたいだった。

こんな子供がオークの魔核を持っているわけがないと。

「オークです、オークの魔核。いくらになりますか？」

俺は気にせずに問いかける。

俺だって向こうの立場なら、こんな小汚い子供がDランクの魔物の魔核を持ってきても倒したとは思わないだろう。

だけど、それは全て事実であることに変わりはない。胸を張って言える。

この買取担当のお姉さんも自分の仕事をすればそれで終わりなんだ。

俺は悪いことをしたわけではないので堂々とした態度をとる。

それに、さっきから他の冒険者たちの視線を感じるから早く済ませてほしかった。

「これなんですけど」

俺は手っ取り早く証拠を見せることにした。

オークの魔核はゴブリンのよりも深く濃い緑色で、かなり大きい。

目の前の女の人の顔に驚愕の眼差しが浮かぶ。

驚くのはいいけど、ほんとに早くしてほしい……

そう考えていると、どたどたと乱暴な足音が聞こえる。

その足音は俺のもとに近づいてきた。

「親なしじゃねーかよ、どうだ？　財宝は見つかったか？　ぷくく」

ルボラだった。

今日は取り巻きの子分たちはいないようだ。

「それにオークの魔核？　無能なお前に倒せるわけないだろ、どんな汚い手を使ったんだよ！」

できれば穏便に済ませたいところではあるけど、サンドバッグくらいで済むかな。

ルボラのやつしつこいからな……というよりなぜこんなところに。

冒険者ギルドへの登録が可能なのは成人する15歳からだったはずだが。

いや、確かルボラは俺より年上だ。もしかしたら15歳になったのかもしれない。

「どうしてもって言うならもらってやってもいいけど？　どうせどっかから盗んだんだろ？　なら――――」

「ふざけないでください！」

隣から怒気を孕《はら》んだ声。

って――――え？　ミア？

「これは確かにご主人様がご自分で手に入れられたものです！　盗んでなんかいません！　ご主人様を馬鹿にしないでください！」

その声は俺ですら聞いたことがない、明らかな敵意に満ちていて、威嚇をするようだった。

「いや、ミア……少し落ち着いてくれ、俺なら大丈夫だから」

周りの男たちは突然の乱入者に動きを止めていた。

何も知らない周囲からしたら、いきなり女の子が怒りだしたってことになる。

そして、トラブルの元凶であるルボラの反応は顕著だった。

「お、お……」

なんだ？　顔赤くして鼻の下まで伸ばして。

もしかしてミアのことが気になるのか？

「おい！　親なし！　決闘だ！」

「は？」

ルボラは声高らかにそう宣言した。

なんでいきなり？

「僕は君をこの男の魔の手から救い出す！」

ミアのことをチラチラと盗み見しながらデレっとしていた。

もしかして本当に気があるのか？

「……⁇」

ミアは何のことか分かっていなかった。

ただただ困惑している。

「だ、大丈夫だよ……！　僕はこいつと違って優しいからっ！」

じりじりと寄ってくる下心丸見えのルボラを見てミアがひっと怯えた。

怖がってるなミア……そして、明らかに警戒している。

「くっ」

それを見てショックを受けたような表情のルボラ。

悔しそうに顔を歪める。

そして、なぜかこちらを睨んできた。

「彼女を賭けて僕と勝負しろ！　お前が負けたら彼女は僕のものだ！」

結局そうなるんだな……

周りの冒険者たちは止めてくれない。

所詮子供の喧嘩と思っているのか、俺のことを嫌っているのか。

何となく後者な気がした。

何かを賭けた決闘って冒険者じゃなくてもできたっけ？

なんにせよ答えは決まってる。

「嫌だよ」

ばっさり切り捨てる。

俺の言葉でルボラは勝ち誇った笑みを浮かべた。

ミアを意識しながらこちらへ吐き捨てるように言ってくる。

「くくく、やっぱり僕と戦うのが怖いんだな？　ほら、君もこんな臆病者なんかより僕の方がいいだろ？」

おい、とルボラに向かって声をかける。

めんどくさそうにこちらを振り向いてきた――それに合わせて足を踏む。

こっそり身体能力を強化して足を退けられないように力を込める。

「お、おいっ！　なに……」

そうして意識がそちらに逸れたのを確認し、胸の辺りを軽く押してやる。

足は動かないためあっさりとよろけた。

「わ、お……っ」

体勢を立て直そうとするが、俺が足を踏んでいるためそれは無理。

バランスを完全に崩したルボラは思いっきり後ろへと倒れ込んだ。

「ぶぎゃ！」

豚みたいな声を出して頭を強打した。

前だったらこんなことはできなかったな。オークの迫力に比べたらルボラなんてスライムのようなものだ。だけどそれよりも――

「ミアはお前のものじゃない、俺のものでもない、ミアはミアだ。物扱いするな」

って、聞こえてないな。

どうやら後頭部を打ち付けて気を失っているらしい。

「ミア、いこう」

「………」

「……ミア？」

ミアが瞳を潤ませて顔を赤くしていた。

やたらとキラキラした目をしているところを見ると、また何かミアのツボに入る行動をしてしまったようだ。

ううむ、こそばゆい。

「おいッ!!」

俺たちとルボラのやり取りをニヤニヤと見ていた男の一人が突然声を荒らげた。

ミアがびくりと震えた。

俺もそちらへ視線を移す。

その男はずんずんと乱暴に駆け寄ってきた。

いつも俺をからかっていた冒険者だった。

巨大な斧を背負ったそいつは、少し前のめりになって凄んできた。

面倒事になりそうな予感が……逃げたい。

「てめえ、俺のガキに手ぇ出してタダで済むと思ってんのか？」

……ガキ？　え？　親子？

言われてみれば似てるな。

ああ、そうか。

だからルボラがここにいたのか。

というか親が子供の喧嘩に口出しするなよ。

出すなら出すでルボラの方を止めてほしかった。

「盗人のくせに図星指されて逆切れか？　あ？」

「いえ、盗んでなんて――」

そこまで言ったところで俺は気付いた。

周囲の冒険者から冷たい視線が注がれる。

ルボラを気絶させたこともあり、完全に悪役だ。

ここにいる誰もが俺のことを信じてはいなかった。

しかも少数ではあるけど絡んできた男を応援するものまでいた。

その声に勢いづいたのか、男はさらに調子に乗り始める。

「責任もって持ち主に返しといてやるからよ、ルボラに怪我させた賠償金も置いていけば衛兵には言わないでおいてやる……ああ、それと俺の冒険者ランクはDだ、意味分かるよな？」

それを称賛するような口笛が小さく聞こえ、男を後押しする声が周囲から聞こえてくる。

野次を飛ばして俺を糾弾する声や、こちらを見て何か賭けているような声も聞こえる。

その中には、残念ながら俺を案じる声は一つもなかった。

本当に面倒な親子だな……

「ぎゃははっ、どうした？　ビビってんのか？　Dランクの強さくらい分かるだろ？　それとついでにその飼ってる奴隷も置いていけ！　たっぷり可愛がって……」

そこから先は言わせなかった。

身体能力を強化した俺は男の眉間を鞘で突いた。

何とか手加減できたけど、それでも男は大きく仰《の》け反り、音を立てて無様に転がった。

「……今、なんて言った？」

男が痛みによろける。

思わぬ反撃を受けて、一瞬呆けていたけど、しばらくするとわなわなと震え始めた。

こちらを睨み、怒りに任せて立ち上がる。

背中の大斧を手に持った――そして、殺す気かってくらいの形相でさらに睨んでくる。

「ぶっ殺す!!」

男が斧を抜いた――と、同時に俺も剣を抜き、首筋にそれを押し当てる。

「――っ!?」

え――？　と、誰かが口にする。

野次を飛ばしていた声も少しずつ静まり、それに合わせてようやく男も黙った。

斧を持った姿勢のまま、完全に固まる。

「……もしかしたら手が滑るかもしれない、だからよく聞いてくれ――武器から手を離せ」

がらんっ
男がゆっくりと手から力を抜くと、大斧が地面に落ちる。両手を上げ、冷や汗をダラダラかいていた。

周りから音が消え、静寂がギルド内を支配していた。

「謝り方は分かるよな？　頭を下げてごめんなさいだ、今回は特別にそのままでいい……言えよ」

「わ、悪かっ」

「ん？」

刃先に力を込めると、少しだけ剣が男の首に食い込み、血が流れた。

緊張感が周囲にも伝わり誰も喋らない。

そしてそれはこの男もそうだった。

微動だにすることなく体を硬直させて、恐れるようにゆっくりと口を開いた。

「ご……ごめんなさい……」

男が言い終わると同時に、俺はゆっくりと首から剣を離した。

腰を抜かしてドサッと倒れ込んだ男は今までとは違う目をしている。

少しだけど、怯えを含んだ視線。

周囲の冒険者たちもこちらを唖然と見ていた。

「魔核はもういい、ミア、帰ろう」

「あ、は、はいっ」

ミアが慌ててついてくる。

意識のないルボラは勿論、残った冒険者たちも、ギルドの受付嬢も、何が起こったのか分かってなかった。

俺たちはそのまま静まり返ったギルドを後にした。

◇　◇　◇

街を出て、少しした場所で俺は立ち止まった。

周囲を確認したけど、うん、誰もいない。

俺は大きく息を吸い込む。そして、思いの丈を叫んだ。

「ああああああああああああ！！！？　やらかしたああああああああああああっ！！！」

なんだあれなんだあれ!?

俺何してんの!?　凄い注目を浴びちゃったじゃないか！

「あああ……も、もうギルド使えないかも……出禁くらうかも……すまん、ミア……俺はもう駄目だ、今までありがとう」

よりによってギルド内で抜刀してしまうとは……しかもほんの少しだけとはいえ流血沙汰だ。当たり前だけど、揉め事はご法度だ。

冒険者ギルドで買い取ってもらえないとなると……あああ、駄目だ思いつかない。

魔核って他の場所でも買い取ってもらえたっけ？

これからどうやって稼ごう。

「も、申し訳ありませんでした！　その、私が勝手なことを……」

「いや、気にするな……ミアが俺のことで怒ってくれて嬉しかったよ……ありがとな」

盛大に落ち込みながら、俺はミアを見る。

「で、ですが……ご主人様も……私のために怒ってくださったんですよね……？」

「それは……まあ」

それはそうだけど……騒ぎを大きくしすぎたと思う。

もうちょっと冷静に対処すればよかったと今頃になって後悔してしまう。

でも、あの時、謝っていたらどうなっていただろう？　負け犬のままで良かっただろうか。

「あの、ご、ごめんなさい……私のせいで……でも……ほ、本当に……格好良かったです……」

ミアは心の底から言っているみたいだった。

申し訳なさそうに謝ってくる。

「それに……守ってくれましたよね……」

その瞳はどこか熱っぽく、危うげだ。そして、嬉しそう。

だけどミアは確かに本心から感謝しているように見えた。

だけど俺も内心ではちょっとだけ感謝もしていた。

「………」

これ以上うじうじするのは余計に格好悪いな。

「分かったよ、悪かった……心配かけたな」

ギルドには明日謝りに行こう。

どうなるかは分からないけど……許してもらえるといいな。

でも、なんだろう。不思議と清々しい気持ちでいっぱいだった。

◇◇◇

その日の夜。

俺は寝過ごさないために、いつもより早い時間にベッドに入った。

だけどミアが何かを言いたそうだった。

そわそわしていたし、最近ではミアの小さな表情の変化から何を考えているのかが何となく分かるようになっていた。

そういえば、膝枕をしたいって言ってたな。

ちょっと気恥ずかしい気もしたけど、俺はミアに頼んでみた。

するとミアは——

「あの、少し汗をかいてしまったので体を洗いたいのですが……」

オークとの戦闘もあったし、女の子としては気になるのかもしれない。

勿論構わないと、俺は体を洗いに行くミアを見送った。

そして、俺は膝枕を待つ間に考え事をした。

現在の所持金は2万7510G。

オークの魔核が売れなかったし、この日の収穫がなかった上に、生活品を僅かに購入したのでちょっと少ない。

残金を眺めながら、偽装スキルでどう誤魔化すか悩んでいる。

明日ギルドに謝りに行くにあたって、今日のことを追及されるおそれもある。

冷静さを失っていた俺はスキルを使って実力を見せてしまった。

Dランクの冒険者というのはそこそこ強い。あの男を倒してしまったからにはそれ相応の実力がないとおかしいってことになる。

ついでだから、大まかな強さの基準について説明しておこう。

Dランクの魔物が1匹で、D~Cランクの冒険者のパーティと同程度だ。

そして、俺の今のスキルはこんな感じ。

ベルハルト
スキル　剣術（1）
　　　　鑑定（1）
偽装中　万能通貨
　　　　地図（1）
　　　　身体能力強化（3）
　　　　探知（2）
　　　　偽装（2）

つまり、偽装していない戦闘系のスキルは剣術（1）のみ。

どう見積もってもおかしいのだ。

仮にあの男がEに近いDの実力だったとしても、あの時見せてしまった俺の実力を説明できない。

ギルドで鑑定を受けるつもりはないけど、念には念を入れたい。

説明を求められた時に何も言えないと困るからな。言い訳を考えておかないと。

少し考えた結果、身体能力強化の偽装を解除することにした。

身体能力強化があるならオークの方も、ギルドでの騒ぎの方もそこまで不自然には思われないだろう。

あんまり弄りすぎると、今度は偽装が疑われるけど、最悪万能通貨がばれなければそれでいい。

オークを倒せた理由はこのスキルに加えて罠を使ったということにしておこう。

たぶんこれで大丈夫だ。

身体能力強化が3なら、罠も使えばオークだって倒せないことはないはずだ。

理想を言うなら偽装のレベルを上げておきたかった。

高レベルの偽装があればかなり安心できるんだけど……

だけど、やはりレアスキルの高いレベルは高額だ。

所持金は残り2万7510G。

まだ余裕はあるけど、借金のことも考えたらできるだけ出費は抑えたい。

ベルハルト
スキル　剣術（1）
　　　　鑑定（1）
　　　　身体能力強化（3）
偽装中　万能通貨
　　　　地図（1）
　　　　探知（2）
　　　　偽装（2）

（こんなところか……）

子供にしては強い気はするけど、オークを子供二人で倒すならこのくらいは必要だ。

最優先事項は、万能通貨がばれないことだからな。

ちょっと変に思われるかもしれないけど、シラを切れば分からないはずだ。

コンッ、コンッ

ちょうどその時、控えめなノックと共にミアが戻ってきた。

俺が返事をすると、ひどく緊張した様子でミアが入ってきた。

「お、お待たせいたしました……」

ミアが傍らまで寄ってくる。

髪も洗ったのかその白い髪はしっとりと濡れていた。

ベッドの上に正座して、膝枕の準備を完了させる。

ミアは服の裾が短く、脚の部分の露出面積が広いものを選んだようだ。

「……なあ、ミア」

「は、はいっ！　いつでもどうぞっ！」

嬉しそうに弾んだ声。

期待するようにそわそわしているミアの脚を見る。

膝枕をする前に俺はミアの滑らかな太ももにそっと手を這わせた。

「はぅ────っ!?」

今のはミアの声。

だけど……その声はちょっとだけ苦しそうだった。

いや、ていうか……

「ミア、赤くなってるけど……洗いすぎただろこれ」

いつもは白いミアの肌が今は赤くなっていた。

「そ、それは……ご主人様に汚い脚をお見せするわけにはいかないので……」

ミアの脚は汚くなんてない。

むしろ綺麗で、すらりと長い脚は雪のように白く、見るからにスベスベだ。

美脚と言っても過言じゃない。

それが今ではひりひりしそうなくらい色づいている。

触らなくても痛そうだ。

「……痛くないのか？」

「ご主人様に膝枕をさせて頂くためなら、たとえこの足がすり切れようと私は構いません」

何その覚悟……なんとなく本気で言ってそうで怖い。

「ミア」

「はいっ」

相変わらず、分かりやすく喜ぶ声。

少しだけ罪悪感を覚えながら俺は伝えた。

「またそのうち頼む」

その時のミアの顔を何と表現したらいいのだろうか。

この世の終わりみたいと言うか何と言うか……

まあ……多くは語るまい。

こちらの気持ちを察してくれたのか、ミアは不満げながらも納得してくれた。だけど、この夜のミアの落ち込み具合は、ちょっと凄かったとだけ言っておこう。

ベッドで一緒に寝る時のミアのくっつき具合もいつもより凄かった。

そんなに膝枕できなかったのがショックだったのだろうか。嬉しいようで、申し訳ない気持ちだ。

「『鑑定』」

ギムルの街のギルドの前で、自分に鑑定を行う。

それは、万能通貨が偽装できているかの確認のためだ。

ベルハルト

スキル	剣術（1）
	鑑定（1）
	身体能力強化（3）
偽装中	万能通貨
	地図（1）
	探知（2）
	偽装（2）

問題がないことを確認して、胸に手を当てる。不安で心臓が落ち着かない。

今日はミアも一緒に来るように言っておいた。

「あー……緊張してきた」

冒険者ギルドの前まで来ると、少し深呼吸して、気を落ち着ける。

そして、意を決して扉に手を掛けると、ギィッと音を立てて、扉が開く。

（おぉ……やっぱ目立つ）

人の少ない昼間を選んだのだけど、それでもやはりある程度の冒険者たちがいた。

何人かは俺を見て、何かヒソヒソと話をしているようだった。

そのうち半数くらいは昨日の騒ぎを知らないのか、周囲の反応を不思議そうに見ていた。

ミアにはフードを被ってもらっているけど、かえってそれが目立っている可能性もあった。

さすがに奴隷契約した日からかなりの日数が経っているし、元気になったことについては隠さなくていいだろう。

そんなことを考えながら受付へ向かう。

「あの、すみません……」

受付の女の人に声をかける。

昨日とは違う人だけど、やっぱり美人だった。

肩までかかる茶髪の人で、ちょっとクールっぽい感じがした。

「初めまして、ギルドの受付を務めさせていただいているアーシャと申します」

「あ、初めまして、ベルハルトって言います……それで、昨日のことなんですけど」

礼儀正しく対応されたことに一安心する。

出入り禁止になってないのかな？

「はい、昨日の乱闘騒ぎの件ですね、ギルドマスターがぜひお話を伺いたいと申しておりました」

ざわっ
聞き耳を立てていた何人かがざわついた。

そりゃわざわざギルドのマスターが子供相手に話がしたいなんて、なかなかないと思う。

ギルドマスターとは、ギルドのトップを務める人間だ。

運営などの手腕はもちろんのこと、その強さもかなりのものだと聞いている。

荒くれ者が多い冒険者をまとめるには、ある程度の強さがないといけないってことらしいけど。

そんな偉い人が、俺なんかに……いや、乱闘騒ぎを起こしたんだから、偉い人が出てくるのは分かるんだけど、それにしても、まさか一番上の人が出てくるとは思ってもみなかった。

それだけに、余計に緊張してきた。

「どうでしょうか？　もし本日のご都合が合わないようでしたら日時はそちらに合わせますが」

「いえ、大丈夫です」

「ありがとうございます、ではこちらへどうぞ」

案内されて、ギルド中央付近にある階段を上がる。

俺の家に2階はないから、少しだけソワソワする。

ギルドに2階があることは知ってたけど、実際に上がるのは初めてだ。

階段を上り切って、少し進むと、アーシャさんは一番奥にある一室をノックした。

くぐもって聞き取れなかったけど、中から声が聞こえる。

「失礼します」

俺もアーシャさんに続いて部屋に入り、ミアもそれに続いた。

全員が入室したのを確認して、アーシャさんが静かに部屋の扉を閉めた。

部屋の中は、物は多いけど、整理整頓されており、清潔そうな印象だ。

俺は目の前のソファーに座る人物に目を向けた。

「おう、昨日のことで話がしたかったんだ、なんでもドルドのやつを力ずくで謝らせたんだって？」

髪を短く切りそろえた30～40ほどの男は、獰猛そうな笑みを浮かべた。

その体に張り付いた筋肉は鋼のようで、鍛え上げられたものだということが分かる。

もしかしなくても、この人がギルドマスターだろう。

「えっと、はい……ご迷惑をおかけしたみたいで」

「その話はまあ置いといてだ……お前の名前は？」

「ベルハルトです、こっちは仲間のミア」

ミアが礼儀正しくぺこりと一礼すると、それに続いて俺も頭を下げる。

「意外と礼儀正しいな、もっと楽にしていいんだぞ？　まあ座ってくれ」

そう言われて俺たちは少し震えながら、ギルドマスターの対面のソファーに腰を掛けた。

ソファーに座る経験なんてほとんどなかったので、その柔らかさと座り心地の良さに軽く感動を覚えた。

「俺はこの街の冒険者ギルドのマスターをしてるギルガンだ……さっそくだがよ、お前冒険者にならないか？」

　突然のことに俺は驚く。

　しかも、まさかギルドのトップから誘われるとは思ってもみなかった。

「理由をお聞きしても？」

　念のため、ギルガンさんに理由を尋ねてみる。

　乱闘騒ぎのことで謝りに来たのに、なんでこんなことになっているのか。

「そりゃあ、強い人間に冒険者になってもらいたいってのはギルドマスターとして当然のことだろう。オークのことも聞いてる。どうやって倒したかは知らないが大したもんだ」

「昨日のことはいいんですか？　抜刀までしちゃってますけど」

　俺が恐る恐る聞くと、ギルガンさんは何でもないように言ってきた。

「ああ、あれについてはむしろこっちが謝らないといけない」

　どういうことだろうと、ギルガンさんの表情を窺っても、特に怒ってる様子もなければ、含みもなさそうだった。

「基本的にギルドは冒険者同士の揉め事には介入しない、死人が出た場合は別だけどな。だけどベルハルトはまだ冒険者にすらなっていない子供だ」

　そういうことなのかと、内心で納得する。ようやく理解が及んだ。

「ドルドはそんな子供相手に恐喝をしたんだ。詳細を聞いたが明らかに度を過ぎてる。確かにお前は乱闘騒ぎを起こしたらしいが、ギルドはドルドの行動と言動の方に問題があると判断した」

「じゃあこっちに処罰とかはないんですか？」

「ないな、逆にドルドの方のランク降格、それと罰則を破った罰金に加えて、冒険者資格を一定期間だが剝奪することにした。それとドルドのガキだが……名前は……えーと、まあいいや、怪我とかはなかったらしい」

俺はその言葉に驚きつつも、すんなり許されたことに安堵した。

少し冒険者ギルドに悪いイメージを持ちすぎていたのかもしれない。

ルボラも怪我をしていないようだし、ひとまずは安心だ。

本当に怪我を負わせてしまっていたらさすがに罪悪感があるからな。

ギルガンさんは、だけどと続ける。

「ドルドはDランクだった、お前……なにしたんだ？」

部屋の空気が一瞬で張り詰めたようだ。

つまり、俺のような子供になんでそんなことができたのかと聞いているのだろう。

けど、言い訳は考えてあった。

「ついカッとなって……相手も油断してたみたいですし」

俺の偽装したスキル的にも、大きな違和感はそこまでないはずだし、相手が油断したのも本当のことだった。

不意を衝いて先手を打ったのも見てただろうし、これで何とか通ればいいんだけど。

「油断か……」

ギルガンさんは顎に手を当てて、考え込む仕草をし、目を鋭くしてこちらを見てくる。

その瞳には強い疑念を感じる。老獪な彼の眼には何が映っているんだろうか。

ついでに言うなら、後ろのアーシャさんからも強い視線を感じる。

何ココ怖い……帰りたくなってきた。

「まあいい、それでさっきの話は受けてくれるか？　お前はまだ子供だが、成人してからならぜひ歓迎したいんだが」

しばらく考え込むと、話を切り替えるように提案してきた。

「分かりました、もしその時になったらよろしくお願いします」

俺としても冒険者には興味があったし、なりたいと思う。

もし、冒険者になれたら、金集めも楽になるだろうし。

だけどそれは、借金が返せたらの話になる。借金が多いと冒険者になれないからな。

「あの、もういいですかね？」

「ん、ああ、悪かったなわざわざ」

「いえ、こちらこそ。とても有意義なお話でした」

一礼して立ち上がると、俺はミアと一緒に部屋を出た。

緊張はしたけど、何事もなくて本当に良かった……ミア以外にばれないように、ほっと嘆息する。

だけど、お咎めなしとは思ってもみなかった。どうやら気にしすぎていたようだ。

目をつけられたことには変わりはないけれど。

◇　◇　◇

Dランクの冒険者を圧倒したという二人の子供、その二人の話を聞いて、ギルドマスターのギルガンはずっと控えていたアーシャに声をかけた。

「どうだった？」

「ただの子供ですね、スキルも念のため何度か確認しましたが剣術、鑑定、身体能力強化と無難なものばかりでした」

アーシャは鑑定スキルを持っていた。

この部屋に呼んだのも、騒ぎを起こした冒険者の能力を見るためだった。

ギルガンはミアという少女のスキルはここで鑑定を受けたことがあるので知っていたけど、問題はベルハルトと名乗ったほうの少年だった。

「スキルレベルは？」

「剣術が1、鑑定が1、身体能力強化が3です」

「へぇ、強いな」

レベルは低いけど、鑑定というレアスキルまであり、身体能力強化はコモンスキルだけど、レベルが3だった。

あの年齢でもいないことはないけど、レベル3のスキルを持ってる人物は少数だった。

「ですが、少々拍子抜けでしたね」

ギルガンは、アーシャの言葉で、昨日の報告を思い出していた。

『Dランクの冒険者よりも強い子供がいる』

だから、もっと多くのスキルを持っているのではと、そう考えていたのだった。

「そうだな……ああ、わざわざ悪いな、ありがとう。お前は仕事に戻ってくれ」

「分かりました、失礼します」

ギルドマスターのギルガンに言われ、アーシャは受付に戻っていった。

「んー……」

ギルガンの脳裏に、隠蔽、偽装スキルのことがよぎった。

もしもあの少年がスキルを隠しているのだとしたら……

「いや……考えすぎだな」

ギルガンはギルドの仕事に戻り、少年のことは頭の隅に追いやった。

「ああ、それと」

「ん？」

アーシャが扉から顔を出す。

「伝え忘れていたことがあります、以前調査したゴド山の件なのですが」

「ああ、どうだった？」

以前複数の冒険者たちに依頼を出したゴド山の調査依頼。

その山では何人かの冒険者が姿を消していた。

ギルドの長としては無視できない情報だ。

盗賊、あるいは魔物の群れでも出たのかと警戒していたのだが――

「最初の調査と同じように盗賊や魔物の群れなどは確認出来ず、噂になっているらしい財宝とやらも確認できなかったようです」

「そうか……まあ何もなかったならいいんだが」

しかし、アーシャは緊張した面持ちで「ただ……」と、続ける。

「調査した冒険者6名のうち2名が死体で発見されました」

◇◇◇

照明で照らされた階段を考え事をしながら降りる。

階段を降りると俺はそのままギルドの入り口付近の買取カウンターに向かい、あらかじめ持ってきておいたオークの魔核を売った。

今度は絡まれることもなく、スムーズに買い取ってもらえたことに安堵する。

さすがに昨日の今日で難癖をつけてくる人はいないようだ。

これで所持金は3万5510Gになった。

やはりDランクの魔物ともなると、その魔核は高額だった。

だけど、ゴブリン亜種の魔核のほうが高価だったのは意外だった。

あいつはそんなに珍しい魔物だったのか。

「おいっ！」

ギルド長の許しを得たのもつかの間、ギルドから出たところで呼び止められる。

この声は……と、嫌な予感を覚えながらも振り向く。

そこにはルボラと取り巻きの二人の姿が。

「昨日は油断したけど、今日はそうはいかないぞ！　決闘だ親なし！」

「やだよ」

まだ懲りてないのかこいつは。いや、昨日のはまぐれだと高をくくっているんだろう。

「あの、ご主人様……この方たちとお知り合いなのですか？」

「いや、知り合いってほどじゃないな」

苛められるだけの関係というか。

情けない話なのであまり知られたくない。

あとついでに言うなら関わりたくない、面倒だ。

「ミアちゃん見ててくれ！　僕は身体能力強化がレベル２まで使えるんだよ！」

「は、はぁ……？」

どこで聞いたのかミアの名前を呼んで色目を使っている。

いつもと変わらずスキル自慢。

後ろの二人もミアを見て顔を赤くしている。

デレデレだ。完全にミアに惚れてる。

分かりやすいな……けどミアにそんな顔をされて……なんというかあまりいい気分はしない。

ミアは困ってる。どう反応したらいいのか分からないって顔だ。

哀れなルボラ。

そんなミアを見てやっぱり矛先が向くのは俺だった。

「僕がお前を倒してミアちゃんを救い出す！」

ルボラが地面を蹴る、次の瞬間突然ルボラの姿が目の前に。

身体能力強化は馬鹿にできない。

レベル２ともなると大人以上の力を発揮できる、はっきり言って厄介なスキルだ。

——ズドン！

「ぉぼぅぅお!?」

だがレベル３の俺の相手ではない。今までの俺だと思うなよ。

ルボラは勝ちを確信しているのか、一瞬ミアを見たのでその隙に一撃を入れてやった。

隙をついたけど、それがなくてもこの距離なら全く怖くない。

スキルというのは高ければ高いほどレベル間の差が大きく広がる。

身体能力強化を持っていなかった俺を虫とするなら、レベル２だとぷちっと踏みつぶせるレベルだ。

しかしこちらが3の場合、2と3の開きは逆転する。

2が虫で今度は3が踏みつぶす側だ。

一瞬で勝敗を決されたルボラは大量の唾液を撒《ま》き散らしながら、体をくの字に曲げて俺のカウンターを食らった。

「げぼぉっ、おぼ、うぐっ」

「る、ルボラ君⁉」

「おい！　なにしたんだよ親なし！」

何って……殴られそうになったから殴ったんだけど。

正直にそう伝えると、取り巻きの奴らは呟き込むルボラに駆け寄ってこう言った。

「だからってやりすぎだろ！　やっていいことと悪いことがあるだろうがよ！」

うん……なんかいい加減ムカついてきたぞ。

よく考えたら俺こいつらに苛められてたんだよな。

色々溜まっていることだし、少しお灸を据えてやろうかな。

ゆっくりと近づいていく。

今までルボラの後ろに隠れていた子分たちは少し怯《ひる》んだように後ずさった。

「ま、待てよ！　今までみたいにサンドバッグになりたくなかったら、お、おいっ、止まれよ！」

そういえば君には何度か頭踏まれたよな。

指を鳴らし、俺は脅すように黒い笑みを浮かべる。

「っ!?」

すると後ろから強烈な殺気が迸《ほとばし》った。

苛めっ子たちが竦み上がる。

俺もびっくりした。

「……サンドバッグ？　ご主人様を……？」

ミアのことを忘れていた。

ちょっと怖くて振り向けない。

「ひ、ひぃ!?」

取り巻きのやつらはルボラを置いて慌てて走り去っていく。

「お、おいっ!?　お前ら!?」

後に残されたルボラは必死に呼び戻そうと叫んでいる。

けどもうあの距離では聞こえないだろう。

「あ、う……ば、ばーか!!」

そんな子分たちに見捨てられたルボラは、

「へぶっ!?」

後ろを向いた瞬間にミアに足を引っ掛けられた。

昨日のようにまた頭を打ち、目を回した。

ミアは虫を見るような目でルボラを見ていた。

今に唾でも吐きそうである。

「当然の報いです」

「………」

明確な敵意がこちらにもじわじわと伝わってくる……ミアさん、怖い。

意外な事実

太陽も傾き始め、今は昼を少し過ぎたあたりだ。

この時間は人も多く賑わいを見せている。

このまま帰ったとしても時間が余りそうだった。

だけど、山に行って資金稼ぎするには中途半端な時間だ。暗闇でも有利になるスキルがあれば別かもしれないけど、夜の山はこっちが圧倒的に不利だ。

「ミア、何か欲しいものはあるか？」

ミアは最近頑張ってくれてると思う。

だから感謝の気持ちも込めてプレゼントの一つくらいは贈りたい。

収入もあったし、高くなければ買ってあげてもいいと思う。たまにはわがままを聞いてみたい。

「欲しいもの、ですか？」

ミアはピンと来てなさそうな顔をする。

欲しいものがないのだろうか……？

「最近頑張ってもらってるからな」

「私がご主人様のために頑張るのは当然です」

やんわりと断られた。

うーむ……ミアの性格を考えたらこうなることは予想できたかもしれない。

無理にあげることでもないとは思うけど……どうするか……

「ミア、少ないけどお小遣いだ」

３０００Gを取り出して、ミアに渡す。

ちなみに、スキルに気づかれないよう、俺はポケットから出すふりをした。

少し格好悪いとは思うけど、聞き出せないならこれで好きなものを買ってもらおう。

「そ、そんなっ！　私の全てはご主人様のものです！　受け取れませんっ！」

予想通り。

彼女は結局俺の出した硬貨を受け取らない。

「ミア、もしも俺に何かあったらどうする？」

「ご主人様に何かあればそれは私の失態です、死にます」

ミアの目は完全に本気だった。あまりの凄みに後ずさりしてしまう。

「……いや、うん……そういうことじゃなくてだな」

それより、俺に何かあったら死ぬつもりなのか……その忠猫っぷり、ちょっと怖い。

危険なことはできるだけ避けるとしよう、ミアに死なれたら困る。俺はそう心の中で誓った。

「例えばだけど俺が病気や怪我で動けなくなった場合とかだよ、その時食材の買い出しとかはどうする？」

　そこでミアも気づいたようだ。

　現在のところ、所持金はすべて俺が持っていて、スキルに収納したままだ。

　ミアはスキルのことは知らないだろうけど、いざという時にお金がどこにあるのか、分からないのはまずいってのは理解しているはずだ。

　今のままではもし俺が動けなくなったら、何も手に入れることができないことになる。

「というわけだ、受け取ってくれ、どうしても欲しいものがあればこれで買ってもいいし、何かあった時のために残しておくのもいい。そのあたりは任せるよ」

　こうしてようやくミアに少量のGを渡すことができた。

　多少強引な気はしたけど、何か理由でもつけないと受け取ってもらえなそうだしな。

　それに、咄嗟に考え出した理由だけど、確かに考えておくべきことだったと思う。

　これなら俺に何かあっても、ミアがそのお金を少しでも残しておいたら大丈夫だろう。

　勿論何もなければそれが一番いいとは思うけど。

　ミアが大袈裟なくらい頭を下げて硬貨を受け取ったのを確認したところで、お腹の音が鳴った。

「お腹空いてきたたな」

　周囲を見ると、街の人たちが思い思いに行き交う奥には露店があるようだ。

　ソースの香りや、肉の焦げる匂いがあたりに漂い、食欲を刺激する。

「お食事にしますか？」

「そうだな、丁度あそこにロックバードの串焼きが売ってる、あれでどうだろう？」

俺たちは普段はあまり肉を食べない。

基本的に、安い芋や、余った野菜で作った簡素なスープだったたし、たまにはこういう贅沢もいいかもしれない。ミアのご褒美も兼ねて。

ミアも賛同したようで、頷いてくれた。

だけどその手前にいた少し胡散臭そうな魔石の露店を開いている男が声をかけてきた。

白い布のシートを広げてその上には様々な用途のよく分からない謎の装飾品が置いてある。

「おうおう、坊主ぅ！　可愛い彼女だねえ、デートか？」

「で、でででデートッ!?」

デートではないけど、そう言われると気恥ずかしい。

意識する俺も俺だけど、ミアも動揺しすぎだぞ。

そんな俺たちを見てカモだと思ったのか一つの魔石を勧めてきた。

「ははは、照れちゃって可愛いねえ、どうだい？　恋愛成就の効果があるって言われてる魔石の御守りは？　一つ２５００Ｇだよ」

スッ
ミアが音もなくお金を差しだそうとしたので腕を掴んでやめさせた。

凄い不満げな表情を見せる。ちょっと悪いことをしてしまったかも。

「ケチな男はモテないぜ？　それにこの魔石の効果は本物だ。これを買った客から毎日のように礼を言われるからな」

そんな大層な効果があるようには見えない。

それに男は魔石だと言い張っているが見た感じどう見てもただの石ころだ。

見た目だけで判断するのもどうかと思うがさすがに限度がある。

「嬢ちゃんからも何か言ってやってくれよ、これがあれば好きな相手もイチコロだぜ?」

「チラッ」

「駄目」

ミアはがっくり項垂《うなだ》れた。

なんだ今の「チラッ」って。

いつの間にそんなあざといことを覚えたんだ。

というか恋愛成就って……やっぱミアもそういうのが好きなんだな。

俺も子供の頃は意味もなく剣がほしいと親に頼んだことがある。

危ないからとすぐに却下されたけど。

「あの、お小遣いなのでは……?」

「そうだけど俺にはただの石にしか見えなくてな」

確かに何でも買っていいとは言った。

だけど無駄遣いは駄目だ。

ミアが何を買おうと自由だとも考えた。

それに今更ながら店の男に失礼かとも思った。

だけどどう見ても俺にはそこら辺に落ちている石ころにしか見えない。

さすがに渡したばかりのお小遣いをただの石ころに使われるのは複雑だ。

「むー……」

少し不満そうなミアと連れ立って、串焼きを売っている店へ向かう。

だけど、俺は思わずそこで動きを止めた。

「？　どうかなさいましたか？」

「ちょっと好物が売っててな、やっぱり美味そうだ」

それはシーザーキノコという珍しいキノコだ。

ちょっとオレンジっぽい色で一見しておいしそうには見えないんだけど、味は抜群だ。

キノコとは思えないほど、濃厚で、独特な香り豊かな風味が口いっぱいに広がるんだ。

そのまま食べても美味しいんだけど、調理するとさらに旨味が増す。

俺はスープやシチューに入れたのが好きだった。

昔は親にねだって誕生日とかの記念日に食べさせてもらっていた。

最近はずっと食べてなかったから、懐かしい感じがする。

「買ってきます」

「うん……うん？」

ミアはその店に行き、先ほど渡した３０００Gを――

「待て待て待て!!」

「は、はい、なんでしょう?」

慌ててミアの腕を引いて彼女を引き留める。

「値段を見てみろ、1個3800Gの高級品だぞ」

シーザーキノコは年中採れるのだけど、何といってもその数が少なかった。

群生地もあまり詳しく知られていないこともあり、市場に出回るのは稀なのだ。

だから平民が気軽に買えるような食べ物ではなく、祝いの席でたまに出されるくらいだった。

「あと俺が食べたいって言ったからって買う必要ないんだぞ? ほんとに欲しいものがあった時とか、何かあった時のために残しておくんだ」

「はい……ならさっきの……」

「あれは駄目。騙されちゃ駄目」

猫耳をぺたんとさせて、ミアが落ち込んだ。

まるで悪いことをして飼い主に叱られたペットのように。

俺は慌ててフォローする。

「いや、怒ってるわけじゃない、さっきのも気持ちは嬉しいよ……ありがとな」

ぴーん!

耳が戻った。

分かりやすい反応。可愛い。

しかし、食べたいと思ったのは事実だし、いつかミアと一緒にこれを食べたいものだ。

それにさっきの露店で売ってたようなインチキな品じゃなくていつかミアにちゃんとしたプレゼントみたいなものを贈りたいとは思う。

ミアは喜んでくれるだろうか。俺のセンスが問われるところだな。

まあお金に余裕がない今は無理だけど……情けないな。

女の子にプレゼント一つ贈れないほど切羽詰まってる男ってのも。

「冒険者になれれば今より収入も増えて、欲しいものを買う余裕もできるんだけどな」

それには借金を減らすのと、成人することとの二つの条件がある。

厳しいとは思うけど、子供の頃の俺の夢でもあったから、やっぱりなりたいって思ってしまう。

ミアがいいと言うなら、一緒に冒険者になりたいし、そのあたりを聞いてみたい。

年下だというのはなんとなく分かるけど、詳しい年齢は聞いたことがなかった。

「そういえばミアは何歳なんだ？」

「14です、もう少しで15になります」

「そうか、それなら――」

と、そこで俺は動きを止める。

「？」

俺の反応に不思議そうにするミア。

「え、ミアって14なの？」

「は、はい、そうですけど」

俺の反応の理由が分からなかったのか、ミアは不安そうにしている。

けど俺は予想外の事実に驚きを隠せない。

「あの、ミアさん……年上だったんですね」

「え、あの？　ご、ご主人様？」

口調を変える俺。

少しだけ慌てた様子のミア。

「ど、どうされたんですか？　距離を感じるんですが……」

ミアのことは友達や、家族みたいに思っている。

何というか庇護欲を刺激される妹みたいな感じだ。

だけどずっと年下だと思っていた妹分が実は自分よりも年上だったと判明。

凄い違和感だ。

思わず敬語になってしまうほどには混乱する。

「い、いえ、なんか今まですみませんでした……」

ミアは妹じゃなかったのか……俺は今まで年上ぶってたことを思い出して、なんとなく恥ずかしくなった。

「ご主人様!?　あの、ほんとにどうされたんですか!?　わ、私が何かしてしまったのでしょうかっ？」

その後、俺とミアは空腹のことも忘れてしばらく妙な空気になった。

時間が経つにつれて元には戻ったけど……ほんとにびっくりした。

「ミア、悪かったって……」

「いえ……別にいいですけど」

参ったな……ミアに拗《す》ねられた。

口ではいいとは言ってるけど、その顔は不機嫌そうにツーンとしている。

「あー、ミア？　あそこ行ってみないか？」

ミアの機嫌を直そうと、目についた適当な店を指差す。

そこは服や靴や簡単な装飾品などの衣類を扱う服屋だった。

苦し紛れの提案だったが、ミアも機嫌を直すタイミングを窺っていたのだろう。

やれやれといった体で、渋々乗ってきてくれた。

「……分かりました」

店の扉をくぐり、中を見渡す。

適当に選んだ店ではあったが、清潔そうで品ぞろえも見た限り悪くない。というか、女の子向けの可愛らしい服が多い。

何も考えてなかったけど、店選び自体は当たりだったようだ。

「ミアの服も汚れてきたし、１着くらい買ってもいいんだぞ」

「え？　ですが」

遠慮したい気持ちは分からなくもないが、ここはしなくても良いところだぞ、ミア。

「はいはい、買う買う。これは確定事項だ。でも、高いのは勘弁な。それに」

「それに?」

「みすぼらしい格好の奴隷が横じゃ、主人の格も下がるだろ?」

「それは確かに……」

強引に話を終わらせる。半分本当ではあるが、ただ単純にミアに年頃の格好をさせてやりたかった。なによりも、美少女に可愛い服着せれば鬼に金棒じゃないだろうかと思うんだ。

ミアはしばらく申し訳なさそうにしていたけど、服を見ているうちに少しずつ喜び始めた。

うん、猫耳がね、ピピンッとね。分かりやすいんだなぁ、ミアは。

やっぱりそこは女の子なんだろう。服を見ているミアは、まるでおもちゃを選ぶ子供のようだった。

「ご主人様っ、あの、これはどうでしょう……?」

ミアが選んだのは地味めな濃緑色をしたスカートと白い色のシャツの上下だった。

生地は薄くほつれていて見るからに安物だということが分かる。

こちらの財布事情と、自己主張なんてもってのほかと考えるミアらしいというか。

「おー似合ってるぞ、けどもっと明るい色のやつがいいんじゃないか?」

「あ、ありがとうございますっ、ですが私にはそんな可愛い服似合いませんよ……」

いや、ミアに似合わない服はこの世に存在しないと思う。ミアは贔屓目抜きにしても可愛い。

正直ミアほど可愛い女の子は見たことが……って、いかんいかん。

またこっ恥ずかしいこと考えてるな俺。

「試着なさってはいかがでしょう？」

「うぉ!?」

突然、後ろから気配もなくやってくるから、ちょっとびっくりした。

お店のお姉さんってところだろうか？　なんか、オーラを感じる。

「いいんですか？」

「はい、私共としましても、商品を可愛らしい女性に着て頂ければ嬉しいですから」

なるほど、よく分からんがこの人とは気が合いそうだ。

「だってさ」

だから遠慮すんなって言おうとしたが、ミアは顔を伏せて暗い顔をしながら――小さく呟いた。

「そんな……私なんかに着られて服もいい迷惑ですよ……」

「……………」

「……………」

一瞬で空気がどんよりした。お前、どこまで卑屈なんだ。

ニコニコしていた店員さんのスマイルも心なしか引き攣《つ》っている。

ミアさんマジ半端ない。

「そ、そんなことないですよっ、非常に可愛らしいですし……お客様もそう思いませんか？」

「そうですね、ミアは可愛いから何でも似合うと思います」

猫耳が仰け反りそうなほどの勢いで元に戻った。

かーっと、頰が染まり恥ずかしそうに俯くミア。

ふと視界の端で何かがふらついた気がしたのでそちらを見てみる。

「……ッ！」

どうやら店員さんのツボに入ったらしい。鼻を押さえてぷるぷると震えている。

顔も赤いし、鼻息も荒くなっている。テンションが……大丈夫かこの店員さん。

「まあ試着するのはタダだしさ」

「は、はい……」

そして、めくるめくミアの試着会が始まった。

◇◇◇

「素晴らしいっ！　素晴らしいですよお客様！」

1時間後。あっという間に時間が過ぎた。

盛り上がってきたらしい店員さんが、どこから持ってきたのか分からないやたらど派手な服をミアに着せていた。

「………ッ」

ミアは顔を真っ赤にしてまた俯いてしまっている。

気持ちは分かる。あんな服どこに需要があるの？　って思う。

今ミアの着ている服は濃いピンク色の……あちこちフリルで着飾った見たことがない服だった。

胸元の辺りも肌が見え隠れして……まあ有体に言うとエロい。

いや、可愛いことは可愛い。正直グッとくるものがある。

でも俺個人の意見としては、最初の方に着ていた短めのスカートとかがいいと思ったんだけどな。

東の果てにあると言われているらしいワンピース？　というやつも似合っていた。

「す、すごい……凄いですよぉ客様……」

落ち着けと言いたい。いや、俺も人のことは言えない。

ミアはもうされるがままの着せ替え人形だ。

俺も楽しんでるとはいえ、あまりミアを辱めるようなことは……

「お、お次はこれを……」

そして、店員の女性が手に取ったのは……

――やたらと布面積の少ないビキニアーマーだった。

「馬鹿かッ!?」

思わず突っ込んでしまった。

いや、これは言うよ。さすがにこれは言わせてもらう。

「ご、ごごご主人様が、の、望まれるのであれば……ッ！」

「いや、望んでないぞミア、それはやめてくれ」

ビキニアーマーなんて着られたら俺はどうしていいのか分からない。

なんというか、ミアの女の子としての大事な部分を守ってやらねばという反面、ミアのビキニアーマーを見てみたいという欲望はある。

美しい細身の肢体をあらわに、形の良い卵のようなお尻を包む紐のようなパンティ、控えめな胸を包むようなブラジャー型のアーマー。

いや、欲望を抑えろ俺……深呼吸だ。

さすがに駄目だろ。ここに来てから自分のキャラがぶれている気がする。

覚悟を決めているところ悪いが、やめさせなくては。

すると、ずっとミアを着せ替え人形にして遊んでいた店員さんとは別の女性が話しかけてきた。

「どうされました？」

「あ、ああ……いや」

何と言ったものか。素直に言った方がいい気もするけど、どうなんだろう。

この人にビキニアーマーを勧められたと言えばいいんだろうか。

「この店員さんがこれを勧めてきたんですけど……」

「？　店の人間は本日は私一人ですが？」

「え」

「え？」

恐る恐るそちらを見る。そこには息をやたらと荒くした女が……

「ん？」

とぼけたように「え？　なに？」みたいな顔をした女。

確かによく見ると店員さんの方は名札を提げていて、興奮している方の女の人には何もない。

え、誰？

◇◇◇

その店員さん改め変質者は衛兵に連れていかれた。

「私もまた、ケモミミ美少女の魅力に踊らされた犠牲者の一人に過ぎないのよ」

謎の決め台詞を残して……無駄に哀愁漂う背中だった。

話を聞いたところによると、彼女はよくこの店に訪れて、店員のフリをして客に近付くらしい。

そして、試着を勧めて次第に布面積を少なくしていき、羞恥に震えるその姿を眺めるのが趣味らしい。

なんだそのはた迷惑な性癖は。

しかし、被害は受けてはいないので罪には問われないらしい。

むしろ店員に扮《ふん》して客に近付く彼女はわりと有名なマスコット的存在らしい。

嫌だそんなマスコット。

「うぅ、怖かったです……」

「あーうん、よしよし」

ミアはミアで心に若干傷を負ってしまったようだ。まあ、すぐに治まるだろう。

ただ、俺はあの幻の店員についてこう思う。

遺憾《いかん》ではあるが……やっぱり趣味は合いそうだよな、俺とあの人。

リベンジ

ミアが年上だと判明した翌日。

俺たちはテーブルを挟んでこれからの方針を話し合っていた。

「いつも行ってる山だけど大部分が探索できたと思うんだ」

ゴド山はかなり大きい山ではあるけど、あれだけ毎日探索していればもう行っていない場所も少なかった。

俺はここで二つの選択肢を思いつく。

魔物が出るが、地形に慣れたあの山に拘って探索を続けるか、それとも違う場所へ行くか。

「ミアはどうしたらいいと思う？」

「ご主人様が行かれるのであれば、どこへだろうとお供させて頂きます」

ふむ……まあ予想通り。

ミアは俺のことを考えてくれるあまり、自分の考えを主張することは少ない。

ならばと俺は一言。

「……そうですか」

ビクッ!?　ミアが驚愕で耳を逆立てる。

その一言は効果抜群だった。なんでも俺との距離を感じるのが嫌みたいだ。俺としては縮めているつもりだが、ミアにとっては離れている感じがするっぽい。

しかしまあ、ちょっとしたスキンシップだ。というわけでこの口調を続ける。

「ミアさんの意見もお聞き」

「も、申し訳ありませんでしたっ！」

別に謝られることでもないが、こういう反応もちょっと面白いかも。

嫌がらせや皮肉で言っているつもりはないが、意地悪するの楽しい。

「でもミアさん」

「言いますっ！　ちゃんと言いますから！」

「そうですか。なら、どこがいいと思います？」

あ……涙目になってしまった。

やりすぎたかもしれない。

ミアの慌て方が思った以上に面白くて、ついノリノリでからかってしまった。

やっぱりミアは年下にしか見えない……見た目もあるだろうけど。

ミアは怒ってるぞ！　というような感じで頰を可愛らしく膨らませている。

ミア……そういうとこだよ！

たとえ年上でも俺にとってミアは妹のような存在だ。

「悪かったよ」

いじられたミアが、少しだけ恨めし気に見てきたので、誤魔化すように頭を撫でた。

「はぅ……っ！　……ん……ぁ！」

小さく悶えるように唇の隙間から息を吐いた。

ミアは頭を撫でられると本当にいい反応をし、撫で甲斐があった。

俺は気を取り直して、ミアに聞き直す。

ミアは息を荒くしていたけど、しばらく経つと落ち着いたのか、顔を赤くしながら答えてくれた。

「ハァ、ハァ……そ、そう、ですね……私はいつもの山がいいと思います……」

「理由はあるか？」

「……あの山が、一番魔物が出る場所だからです」

やっぱりミアは俺が大金を必要としてることに気付いてるな。

案外借金のことも勘付いてるのかもしれない。

そろそろ話したいとは思うけど、また信用できなくなって話せなくなるのが怖かった。

それはさておきあの山か……俺もあの山の探索に関しては同意見だ。

理由はミアと全く同じだった。

家とギムルの街の位置関係上この辺りが一番いいのだ。

別の場所へ行くとなると時間がかかる。

それに、ゴド山ではほとんど他の冒険者を見かけなかった。

オークが出るからか、それとも変な噂のせいか、人の出入りはほとんどなかった。
ちなみに噂というのは俺があの山に行く理由になった隠し財宝のことだ。
今のところ何も見つかってないし、やはり酒の席での作り話だったのかもしれない。
山に行く前にいつものように確認を行う。
所持金は3万1770G。
ミアに渡しているものは3000G。
スキルはこんな感じだ。

ベルハルト	
スキル	剣術（1）
	鑑定（1）
	身体能力強化（3）
偽装中	万能通貨
	地図（1）
	探知（2）
	偽装（2）

確認完了。

「じゃあ、いこうか、ミアも準備はいいか？」

「はいっ」

◇　◇　◇

空の色は重く濃い灰色に塗りつぶされ、今にも雨が降りそうだった。

山の中を歩きながら、雨が降るかもしれないと心配になる。

雨が降って視界が悪くなると危険だし、一度戻ることも考えたほうがいいかもしれない。

「スライムしか出ないな」

今はスライムの魔核６個が集まった状態。

群れで出てこられたら困るけど、できればゴブリンに出てきてほしいところではある。

亜種ならなおさら嬉しい。

今日は運が悪いのかもしれない。

先ほどから硬貨の位置情報も探しているのだけど、ほとんど見つからない。

「お、これは……ゴブリンか？」

噂をすれば何とやらだ。

スライムよりも僅かに大きな気配が探知にひっかかる。

「ミア、ちょっと倒してきてくれ」

「分かりました」

うーむ、女の子にばかり戦わせて傍観というのは少し罪悪感がある。

だけど、探知で警戒もしないといけないから、悩ましいところだ。

ミアが戦ってる間の警戒も大事な仕事だ。

割り切りたいとも思う、だけど、やっぱり戦いは男として俺が担当したいよな。

って、警戒警戒。

ミアに頑張ってもらってるのに、警戒してませんでしたでは、笑い話にもならない。

討伐に向かったミアは、木の陰に隠れ、好機をうかがっているようだ。

ミアの眼光は鋭く、俺でさえ見失いそうなほどに彼女は息をひそめていた。

ゴブリンが背を向けると、ミアはそれを見逃さなかった。

ミアは深く地を蹴り、驚くほど素早い動きで間合いを詰めると、まるで首筋をなぞるかのように、短剣を滑らせる。

するとゴブリンの首筋からは血が噴き出し、鮮血が辺りに生臭い臭いをまき散らす。

ミアは、その場に伏したゴブリンの魔核を短剣で丁寧に取り出すと、主人である俺のもとへと戻ってきた。

「お待たせしました、ご主人様」

ミアが嬉しそうに駆け寄ってくる。理由があったとはいえ、男がなにもしないのはちょっと歯がゆい。もう少し、俺も前線に――

「ご主人様？」

「ミア、すぐに離れるぞ」

ミアも何かを感じ取ったのか、すぐに気を引き締めた。

俺はミアが倒したゴブリンにかまわず道を引き返す。

正直俺にも理由はわかっていなかった。

――――こっちに気付いて向かってきてる魔物がいる。

「オークか？」

探知の気配で何となく感じ取る。

「ご主人様……」

「大丈夫だ、これだけ距離が離れてるなら逃げ切れる」

今回は視界が悪く雨も降り始めたので危険だと判断した。

だけどオークなら前回倒せたのだし、もしも今回戦闘になっても危険はあっても倒せるだろう。

ミアを安心させるように言ってみたけど、ミアの反応は……

「いえ、なんと言いますか……嫌な感じがします」

「……？　嫌な感じ？」

要領を得ない不明瞭な言葉。

気のせいじゃないかとも一瞬考えたけど、ミアが根拠のないことを言うとも思えなかった。

「それは、どういうことだ？」

「分かりません、何となくざわつく感じです」

……なんだろう。

ざわつく？

そこで俺はミアのスキルを思い出す。

(危機感知……？)

それとほぼ同時にある存在を思い出す。

俺は不覚にもその可能性にすぐには気付けなかった。

背筋に氷塊を押し当てられたような寒気がし、反射的に身体能力強化を発動した。

「伏せろっ！」

咄嗟に俺がミアを押し出すと、ミアは小さく声を出して倒れ込む。

「――――っ!!」

その瞬間、何かが頭上を通過し、直後、ズドン!!　と、重音が辺りに響く。

音のした方向に目を向けると、こぶし大ほどの石が木の表面を抉り、めり込んでいた。

……なんて威力だ。

ギリギリ当たらなかったことは幸いしたけど……これには覚えがあった。

「久しぶりだな……」

目を向けるとそこには1体のオークがいた。

多分あの時のオークだろう。

こんな遠距離攻撃できるオークが何体もいるなんて考えたくもない。

俺は周囲を確認する。

障害物がまばらにあるけど、それでもあの投擲を相手に、背中を見せるのはあまりにも危険だ。

どうせ向こうも逃がしてくれるつもりはないのだろう。

そいつは投擲のためにこちらの隙を窺っていた。

できれば逃げたかったけど、相手がその気なら仕方ない。

リベンジさせてもらうとしよう。

「後悔するなよ」

俺はいったん後ろに引き、少し大きめの木を見つけるとその陰に隠れ、準備を整えることにした。

以前のことを考えると、急がないとたとえ隠れたとしても、この木を折られる可能性もあった。

鼓動の高鳴りは止まず、冷や汗が流れる。

空は暗くなり、濃い灰色の分厚い雲が流れ、空気は冷たく、土の香りが辺りに広がる。

今にも雨が降りだしそうだ。

俺は脳をフル回転させ、作戦を練る。

本当なら気づかれる前に倒すのが理想だった。

探知スキルがあることで、俺は安心していたけど、まさか先に見つかるとは思わなかった。

あいつは何らかの方法で先に俺の場所を探知した。

もしかしたらほかのスキルがあるのかもしれない。

大量の石つぶてによる攻撃は止むことなく、俺たちの周囲に撒き散らされる。

俺とミアが隠れている木は既にボロボロだ。

……さすがにこの攻撃の雨を掻い潜《くぐ》るのは難しいな。

俺は万能通貨を使用してスキルの一覧を開く。

攻撃を避けることに特化したスキルを確認して購入した。

「『回避』スキルと『見切り』スキル。購入」


――スキル『回避』を取得しました。

――スキル『見切り』を取得しました。


コモンスキルのレベル1の効果はそれほど高くないけど、汎用性の高いものが多い。

俺は購入した二つのスキルを使用してどれだけ感覚が強化されるのかを確認した。

こうしている間にも、オークはどんどん俺たちに近づき、近くの木が折れる音が辺りを響かせる。

さらに雨が降り出し、悪い状況は重なっていく。

雨は視界を悪くし、土もゆるくなるため戦いにくい。

長期戦になると危険が増すと考えた俺は、スキル以外にも他に何か有効なものはないかと考える。

急がないと――

「ミアはここで待機だ、隠れたまま絶対に出てくるなよ」

ミアの瞳には不安が映り、口元を一瞬緩め、何かを言おうとしたけど、結局言葉にはせず、唇を噛んで必死に堪えた。

オークの距離はさらに近づいたようで、目の前の木がえぐられる音と共に、その奇怪な咆哮が耳に届く。

緊張から嫌な汗が額に浮き出る。

「……ご武運を」

「おう」

俺は、木の陰から木の陰へと素早く飛び移り、オークとの距離を徐々に詰める。

「GOOOOOOOOOOOOOOOッ！！！！」

木の陰からオークの様子をうかがうと、そいつは丸太のような太い筋肉に覆われた腕を持ち上げ、投擲の体勢を取ったかと思うと、振りかぶり、つぶてを発射する。

それは空を切り、飛来すると木の表面を削り、木の皮を飛び散らかした。

とても目でとらえられるものではなかったけど、おそらくは石のつぶて。

一度当たれば、大怪我はおろか、命の危険もありそうだった。

「穴」

購入した瞬間、オークの足元に穴が出現した。

オークは突然の事態に反応できず、無様に転び、一瞬ではあるけどこちらから意識を逸らす。

それを確認して、俺は木の陰から飛び出すと、一気に距離を詰めていく。

投擲してくる相手に直進するのは危険があるけど、必要以上に怖がっていては一生この距離は埋まらないだろう。

そして俺は、身体能力強化を使って全速力で駆ける。

「GOOOOOOOOOOOOOッ!!!」

オークは崩れた体勢のまま石つぶてを放ってきた。

だけどそれは、万全の体勢ほどの精度はなく、速度も遅い。

滅茶苦茶に石のつぶてを放つが、今の俺にとっては脅威ではない。

回避と見切りスキルの併用で、体を捻ってそれを躱し俺は突き進む。スキルは上手く作用してくれているようだ。

オークに近づくにつれ、避けるのは難しく、緊張感も増す。ぞくぞくと体中の血管がざわめいていく。

再び体勢を整えて投げてくるけど、ここまで来たら隠れるのは相手に時間を与えるだけだろう。

振り絞るように力を込めて地面を蹴り、オークを目指す。

正直生きた心地はしなかった。

だけど距離はもうほとんど縮まっていたため、ここまで来たら遠距離攻撃の優位性は消える。

そろそろ間合いに入ると判断した俺は、剣を抜いた。

オークもこれ以上投擲しても仕方ないと判断したのか、足元に転がっている巨大な棍棒を拾った。

俺はオークが棍棒を拾っている隙に飛びかかろうとしたけど、あちらが拾う方が速い。

オークが俺目掛けて棍棒を横薙《な》ぎにしてくる。
「身体能力強化レベル4――――2秒」
俺はその瞬間、自分のスキルのレベルを上げた。
ただし2秒だけ。レンタルなら消費する金額も抑えられる。
だけど今回はそれだけで十分だった。
前方へ向けて全力で走っていた体を無理矢理に止める。
「――――ッ!?」
後方に重心が動いたことにより、可動域に余裕が生まれた。
上体を後ろへ反らす。
するとこちらの動きに合わせた棍棒は俺に届くことなく空を切った。
もう避けることはできない。
攻撃した直後の致命的な隙。
オークにはもうどうすることもできない。
俺は棍棒を振り切ったオークの首へと剣を走らせた。
首に一閃《いっせん》。
鮮血が宙を舞う。
「GO……O……」
オークは睨むようにこちらを見てきたけど、大量の出血は止まることはない。

しばらく棍棒を俺めがけて振ってきたけど、やがてそれも少しずつ遅くなり、ついにはオークはその場に力なく崩れ落ちた。

◇　◇　◇

オークの血が地面へと広がっていく。

しばらく痙攣するような動きをしていたけど、やがてそれも止まり、完全に活動を停止した。

「ハァ、ハァ……」

呼吸を落ち着ける。

ピシリ、と。

長年使い続けたせいで疲労していた刃こぼれだらけの鉄の剣は限界を迎えて折れてしまった。今まで良く保ってくれた方か。

（剣が折れるって、なんか不吉だな……武器がないと戦えないし、探索はここまでかな？）

万能通貨で買うことも考えたが物品は高い傾向にある。

買うにしても少し考えた方がいいだろう。

でも、危なかった……やはりスキルを持っているだけで普通のオークよりも格段に強い。

勝利の余韻に浸りながらも、先ほどまでの戦いを思い出して背筋が震えた。

所持金を確認する。

所持金　『29270G』

魔核は手に入ったけど、あんな危ない戦いはもう御免だな。

労力を考えたらマイナスにすらなった気分だ。

「ミアっ！　もういいぞー！」

魔核を剝ぎ取りながら、振り返り、後方のミアに声をかける。

所持金は減ってしまったけど、なんだかんだで魔核が手に入ったのはやはり大きい。

「ご主人様ッ！」

ミアが駆け寄ってくる。

その声はどこか必死な感じがした。

心配をかけてしまったようだな。

「ミア、悪かったな」

いくら危なかったとは言っても、ミアにしてみたら何もできないのはつらかったと思う。

それに俺も怖かった。ずっと手が震えている。

後で頭を撫でさせてもらおう……うん、そうしよう。

「ご主人様ッ！　すぐに離れましょうっ！」

だけど、ミアの様子がなんだかおかしい。

オークは死んだ。それは間違いない。

だというのに何を慌てているのだろうか。

「嫌な感じがなくならないんですッ!!」

俺はその言葉に咄嗟に周囲を見た。

だけど魔物などの姿は見えない。

ミアは離れようと言うけど、何が危険なのか分からないため、迂闊《うかつ》には動けない。

ミアの慌てように嫌な予感を覚えながら試しに探知を発動する。

自身を中心とした周囲20ｍの情報が流れ込んでくる。

何も見えない。

少なくとも周りに魔物はいない。

「……気のせいじゃないか？　何も――――」

思わず言葉を失った。

突然探知に引っかかった気配のあまりの巨大さに。

オークなんて比較にならないほどだった。
木々が騒めいて、頭上から鳥の羽ばたきのような音が聞こえてくる。
その気配は豪雨の中、空からやってくるようだった。
その巨大な鳥の魔物を視界にとらえる。
――化け物。
そんな言葉が浮かんだ。
子供の頃に読んだ冒険譚の一節を思い出す。
冒険者にとって折れた剣は不吉の象徴だ。
物語では戦えなくなった冒険者のさらなる不吉の前触れとして描かれることが多い。
武器をなくし戦う力を失えば、強者に食われるのは運命だと。
「ハハッ……」
乾いた笑いが出る。
よくある展開だ。
英雄を目指す少年の試練としてはありきたり。
だけど、それにしたってやりすぎだろう。
５ｍはゆうに超えるであろう巨軀。
比べるまでもなく、オークよりはるかに強い。
汗が重く、背筋に氷を押し当てられたような寒気がする。

嫌なことは畳みかけてくるらしい。

白と黒が混ざったような色の翼。

尾羽に巨大な触手のような2本の尾がある。

威圧するように翼を広げた姿は、一目見ただけで勝てないと思わせるには十分だった。

すでに頭上近くまで来ていた。

そいつは暗雲立ち込める空に黒い影を作り、羽を上空で羽ばたかせ、着地の態勢をとっている。

「ミアッ……逃げるぞ!! 走れッ!!」

俺は即座に撤退を決める。

これは無理だ。絶対に勝てない。

俺はそいつに生物としての格の違いを感じた。

これは相手にしたら駄目な奴だ。

俺たちは怪鳥から目を離さないようにしながら後ろに下がる。

折れた剣の柄を思いっきり投げつけた。

刹那、そいつの意識が剣に向けられたのを感じたと同時に背を向けて逃げ出す。

すると後方で物凄い地響きがしたかと思うと、ぐしゃりと、辺りに水泡が飛び散った。

地面に降りたそいつはその巨体を素早く回転させ、尻尾を振り回し――

「――――ッ!!」

ビシュッ!!!

光沢のある何かが俺の頬をギリギリで掠め、後ろの木に刺さった。

……見切りと回避がなければ死んでいたと思う。

そう思えるほど、今の一撃は威力と速度を兼ね備えるものだった。

俺は恐る恐る木肌に突き立ったものに目を向ける。

「……銀色の……羽根……？」

その羽根はまるで刃物のようだ。

鋭利で、極限まで殺傷能力を高めたかのような鋭い武器。

これを飛ばしたのか……

「ご主人様ッ！　ご無事ですか!?」

「あ、ああ……っ」

俺は喉から声を絞り出す。

震えそうな足を何とか動かす……

ミアの声が何とか意識を現実に戻してくれた。

あちらさんには俺たちを逃がす気はないようだ。

逃げられるとも思えない。機動力も何もかも怪鳥の方が何枚も上手だ。

戦うしかないのか……勝てるとは到底思えない。

そこまで考えたところで、怪鳥が口を開いた。

「ＧＹＡＡＡＡＡＡＡＡＡＡＡＡＡＡＡＡ！！！」

爆風のような鳴き声で、ビリビリと空気が揺れる。

鼓膜が破れそうなほどの声量に思わず耳を押さえようとする。

だけど、体が硬直して動かなかった。

それは恐怖という言葉だけでは説明がつかない。

まるで何か目に見えない物理的な力で押さえつけられているかのような。

ミアを見ると彼女も完全に動きを止めていた。

(スキル持ち……!?)

威圧というスキルがある。多分、それだ。

比較的有名なコモンスキルで、自分よりも弱い相手の動きを止めることができる。

怪鳥がゆっくりと尾尻を揺らし、体をひねる。

それがやけにスローモーションに見えた。

(動け、動け動け動け動けッ!!)

怪鳥の巨体が回転し羽根が周りに飛んだ。さっきのオークの投擲とは比べ物にならない。

「────っ!!」

よし、なんとか動いたっ!

「ミア、逃げ────」

だめだ、ミアは反応できてない……!

「く……っ!」

俺は身体能力強化で最大まで自分を強化する。
そして、彼女だけはと――――目の前にいたミアを庇うために前に出た。
「え」
ミアの信じられないと言うような声。
どこか他人事《ひと》のように見えるその光景。
ああ、これは避けるのは無理だろう。
せめて急所だけは守らな――――
ブシュブシュブシュッ!!
何枚もの羽根が体に突き刺さり、喉の奥から熱いものを感じる。
やってきた衝撃と共に俺は血を吐いた。
羽根は急所を外したものの、全身に突き刺さった。
遅れてきた激痛に、意識が飛びかける。
全回復を購入しようにも上手く意識がまとまらなかった。
「が、はっ！　ごほっ！　ッ！」
怪鳥はもう動けなくなった獲物を前に、ゆっくりと地面を響かせて近づく。
怪鳥は余裕を見せつけるように落ちていた柄をくちばしで挟んで飲み込んだ。
その動きは勝利を確信しているかのように緩慢だ。
だけどそれは間違いないだろう。

もうこいつには勝てない。
逃げようにも威圧されたら、攻撃を避けられない。手詰まりだ。
「ご主人……様……？」
逃げてくれと言おうとしたけど、血で喉が詰まって声が出ない。
……ここまでか。
ミアだけでも逃げてほしい、けど。
「ご主人様ッ!!」
ミアはそう叫んで俺に駆け寄ってくる。
何とか安心させたいが、体が動かない。
声を出そうと焦るたびに血を吐いてしまう。
飛びそうになる意識を繋ぎとめるだけで精いっぱいだった。
(体の、中の……は……ねの……除去……)
全回復の前に体内の羽根をなくした。
栓がなくなり全身から血が噴き出てそれが雨で流れていく。
あとは購入するだけ――
「GYAAAAAAAAAAAAッッ！！！」
威圧だった。
俺の体は硬直して動かなくなる。

怪鳥の猛攻に回復をする暇がない。
もし、ここでスキルを使おうものなら、怪鳥は俺を今度こそ即死させるだろう。
かといってほかに何も思いつかない。
頭が回らない……ああ、無理だ……これはもう――
だけど、死を覚悟した俺の前に誰かが立つ。
ミアが怪鳥に敵対するかのように立ちはだかっていた。
馬鹿、無理だ。
逃げろ……そう言おうとしたけどうまく言葉にならない。
怪鳥は余裕を見せるように尾を振りかぶった。
尾は俺を攻撃した時とは違い、頭上から叩き潰すように構えられていた。
思わず目を逸らしそうになる。
だけど、その時違和感に気付いた。

――何でミアはさっきの威圧で動けるんだろう。

様子がおかしい。
ミアの白い髪の先が……赤くなってる？
雰囲気も何かが違う。

纏う空気というか……まるで、さっきの怪鳥を相手にした時みたいな。

勝てない生き物を前にした時みたいな。

そして、俺は信じられない光景を目の当たりにした。

叩きつけられる尾をミアが躱した。

辛うじて見えた……だけど、それはあまりにも理解を超えた現実。

ミアはまるで何事もなかったかのようにそこに佇みながら、攻撃を加えた存在に意識を向けた。

「アアァアアァアァァ――――――――ッッ！！！！！」

いつもの彼女の声ではなかった。

だけどそれは紛れもなくミアが発したもの。

獣のような咆哮。

これは――

「………狂……化？」

豪雨が降りしきる中、対峙するミアと怪鳥。

巨大な怪鳥が、目を細めにらみを利かせた先にはミアがいる。

いや、それはもはやミアではなかった。

あの可愛い顔の面影はすっかりなく、怪鳥を今にも食い潰そうという形相をしている。

けど、今の俺にはどうすることもできない。

ただ見守ることしか――

俺はいつかギルドで鑑定した時のミアのスキルを思い出していた。

ミア	
スキル	短剣術（1）
	危機感知（1）
	隠密（2）
	狂化（3）
	忠誠（1）

狂化は、危険な力だ。

強いストレスを受けた時に、理性がなくなりステータスにリミッターが外れたかのような補正がかかる。

だけど狂化はよほど強いストレスを受けないと滅多に発動しないスキルだ。

自惚《うぬぼ》れでなければ俺が攻撃されたからなのか？

ミアらしいといえばミアらしいけど、まさか狂化スキルを発動させてしまうとは……

だけど、楽観はできない。

確かに狂化は強力なスキルだ。

しかし、この相手にそれだけで勝てるか分からない。
そしてそれ以上に、このスキルは確か――――
「ヴゥヴ」
瞬間、ミアが地を蹴った。
怪鳥の尾の一撃を俊敏に躱す。
ちょっとずつはっきりしてきた意識で何とかミアの動きを見る。
ほとんど見えない。霞む目をこらしても、ミアと怪鳥の戦いは別次元だった。
尾の攻撃は確かに速い。
威力もある。
だけど、ミアの動きはそれよりもさらに速い。
怪鳥はミアを『敵』として、認めているようだ。
もう一つの尾が動いた。
だけど――――ミアはそれも躱す。
両側から挟み込むような長い尾の一撃。
流れるようにやってくる鞭のような攻撃の嵐。
ミアはそれを危なげなく躱していく。
「GYAAAAAAAAAAAAAAAAAAAAッ！！！！」
怪鳥が威圧を使った。

だけどミアの動きは止まらない。
威圧は自分よりも弱い相手にしか効果がないのだ。
怪鳥は威圧を使ったために、わずかに動きが硬直する。
それは今のミアを前にするには致命的な隙。
ミアが怪鳥へ飛び掛かった。
「ＧＹＡ――――」
怪鳥が再び翼を大きく広げて体を大きく見せる。
しかし、威圧をする間も、尾でミアを攻撃する間もなく。
ミアは怪鳥の背後に回り込んだ。

ボギイィッ！！！
巨大な翼を無理矢理に圧《へ》し折った。
怪鳥の羽根が宙に舞う。
原始的で圧倒的な戦い方。
相手を蹂躙することだけに重点を置いた自分のことすらも顧みない、ただの暴力。
鋭い羽根を纏った翼を掴んだミアの手はボロボロだ。
ミアは両の手を合わせて振りかぶった。
ズドンンンンッ！！！！！！

拳をハンマーのようにして、そのまま怪鳥の脳天を叩き潰すように強烈な一撃を入れた。

相手の尾の攻撃にも負けないような強力な一撃。

それを背後から入れられた怪鳥は、苦痛に呻く。

そして、そのままよろける。

片翼だけではバランスが上手く取れないのかもしれない。

ズドン！！！　ズドン！！！　ズドンズドンズドン！！！！

相手のことなんてお構いなしに、ミアは拳を叩き込む。

地面が揺れるかのような衝撃音。

――――ッ!!

やがて怪鳥の頭から致命的な音が鳴った。

「ア――――……」

それを最後に巨大な怪鳥は、動きを止め崩れ落ちた。

ひしゃげた頭蓋。

怪鳥は大量の血を流して地面に倒れ伏している。

ミアが勝ってしまった。

あれだけの魔物に対等以上に戦って。

怪鳥はピクリとも動かない。

動いているのは俺とミアの二人だけだ。

「ッ……全、回復」
俺は意識を集中して全回復を購入して怪我を治した。
淡い発光が体を包んで癒していく。
動ける……痛みもない。
血がかなり流れたせいで少しフラフラするけど、それでも命の危険はなくなった。
よろけながら立ち上がって木に寄りかかる。血まみれの口で嘆息した。
怪鳥という脅威がなくなったという意味では最良の結果だけど、問題はここからだ。
狂化スキル――その一番の特徴はステータスの上昇ではない。
狂化――それは、理性を失うことにより敵味方の区別がつかなくなることだ。
「ヴゥヴゥヴゥ」
ミアの強烈な殺意が俺へと向けられた。
どう食い殺そうかと、こちらの隙を窺っているようだ。
「……狂化の解除」
万能通貨でミアの理性が戻せないかと確かめる。
所持金は2万９０２０G。
これでなんとか……

対象の狂化解除（レベル１）　『10000G』
対象の狂化解除（レベル２）　『20000G』
対象の狂化解除（レベル３）　『30000G』
―――――――――― etc.

ミアの狂化のレベルは３。
駄目だ、あと少し足りない。
最近気づいたのだけど、相手の同意なく他人に直接干渉するものは高い傾向があった。
弱気が脳裏を過《よ》ぎる。
怪鳥は倒せたけど、もっと強い脅威が目の前まで迫っている。

さすがにもう無理かもしれないと。
『ご主人様ー！』
俺はミアの人懐っこい笑顔を思い出す。
もし俺が死んだら彼女はどう思うだろうか。
そして、それをやったのが自分だと知ったら……
『ご主人様に何かあればそれは私の失態です、死にます』
あー言ってた言ってた。
ミアは俺に何かあったら死ぬらしい。
たぶん後悔しながら死ぬんだろう。
俺を傷付けたことに、傷付きながら。
バカだなぁ、ミアは。もっと自分を大事にすればいいのに。
……分かったよ。
こんなの何があっても殺されるわけにはいかないじゃないか。
それに手がないわけじゃない。
確かミアに渡したGが３０００あったはずだ。
それを合わせれば足りる。
ミアの攻撃を掻い潜ってそれをスキルで吸収すれば……
所持金はほとんど全額それでなくなるけど今はそうも言っていられないだろう。

ミアに目を向ける。

髪の毛の色は最初よりも濃くなっていた。

まるで血液が流れているかのように純粋な赤色が毛先に集中している。

ふと、ミアが僅かに重心を落とした気がした。

その瞬間、何も考えることなくほとんど本能的に体を横へ倒した。

「————————ッ!!」

『見切り』と『回避』と『身体能力強化』を発動。

鋭くなった感覚がミアの動きの残滓《ざんし》のみを捉える。

ゴギュッ!!!

「~~~~~っっ!!!?!?!?」

ミアの手が肩に接触。

その瞬間骨の砕ける音。

俺の皮膚が破れ、肉が裂けて血が噴き出る。

そして、耐えがたい激痛。

「ぜ、全回復っ」

即座に購入。

肩の傷は塞がり、巻き戻したように傷は治っていく。

「透明化ッ! 1分間!」

俺は、慌てて姿を消して、その場から離れる。

狂化が解除される条件はいくつかある。

主に時間の経過か、一定以上のダメージだ。

ミアの持っているGに手が届かないなら、このまま距離を取るのも一つの手かもしれない。

俺の姿が消えて困惑しているミアから少しずつ離れる。

できるだけ所持金を節約するために透明化は短時間にした。

ミアから離れるだけならこれだけで十分だろうと判断したからだ。

「ヴゥヴウ」

血走った瞳。

元々赤かったミアの瞳がさらに赤くなっていた。

生き物を殺すことしか考えていないような攻撃的な視線。

恐怖で思わず声が出そうになった。

ミアの視線がはっきりとこちらを向いていたからだ。

な、なんで――

そこで、俺はようやくぬかるんだ地面の自分の足跡に気付いた。

――バキバキバキッ
骨の砕ける音。

それが自分の体から聞こえてきたのだと認識する前に俺は吹き飛んでいた。

大木に体を打ち付けられ、全身を襲う衝撃と、痛み。
それらを堪えながら万能通貨を使用する。
「っ！　全――――」
全回復――――それを購入するよりも早くミアが俺の目の前に姿を現した。
一瞬だった。
目の前に来るまで認識すらできなかった。
――――ッ!!
咄嗟に腕でガードした。
痛みはあるけど、折れているかどうかも不確かだ。
攻撃は防いだけど、また吹き飛ばされる。
地面を何回も跳ねてようやく止まった。
「はっ、ハァ……ッ！」
透明化がなくなる。
ミアの意識が完全に俺を捉えた。
駄目だ、もう逃げきれない――――
（くそ……っ！　何か……何かないのか……！）
諦めたくない、けど頭では後悔ばかりが浮かんでくる。
日ごろ言い足りなかった感情。

楽しかったんだ。
もっと一緒にいたかった。
今頃になって、もっと彼女を信用したかったなって……遅すぎることを思った。
これが終わったら俺たちの家でご飯でも食べながら……もう一度話をしよう。
きっと、今度は――
最後になるであろう光景。
不思議と視線がそこへと向かう。
それは――ミアが着けている奴隷の首輪だった。
最後に首輪を外してあげたかったな。
どうなるにせよ、奴隷という身分ではなく対等な立場から――――！
「……ミア」
ミアが攻撃態勢をとった。
重心が下がって、次の瞬間にはおそらく俺の命を刈り取るであろう腕を構えた。
それとほぼ同時に、その言葉を口にした。
「『命令』だ」
ピクッ
ミアが一瞬動きを止めた。
その隙に続ける。

「『狂化をやめろ』」

次の瞬間、耳を塞ぎたくなるような叫び声が山の中に響いた。

「～～～～～～～～～～～～～～～～～づっ！！！！！」

ミアが激痛にのたうち回る。

目を背けたくなるような苦しみ方。

「アァアアッ！！　アァァアアアアアアアアァァァァァァッ！！！！！」

ミアが、激痛に絶叫をあげ続ける。

のたうち回って、鼓膜をぶち破るような声が俺の耳に届く。

俺は唇を噛んだ。

痛かった。

少しだけ血が流れる、けど……ミアはもっと痛い。

こんなことでつり合いが取れるはずもないが、何かしていないとおかしくなりそうだった。

「……ミ……ァッ……！」

ゆっくりと立ち上がる。

痛みはある。

全身が悲鳴を上げるような激痛……だけど、ミアはこうしてる間にも苦しんでる。

そう考えたら不思議と痛みは気にならなかった。

「アアァアアアアアアァアアアアアァアアア！！！！！」

暴れまわるミアを押し倒し抑える。

ミアはこちらを気にせず苦しんでいる。

首輪からのダメージによるものなのかミアの力は狂化しているにも拘らずどこか弱々しかった。

俺は指先に硬貨の感触を感じるとスキルで吸収した。

所持金　『31900G』

所持金が3万を超えたのを確認する。間に合ったみたいだ。

血液を失い過ぎた身体が一瞬意識を飛ばしそうになるが、何とか堪えた。

「狂化っ、解除……ッ！」

即座に狂化スキルの解除を購入する。

するとミアの髪から赤い色が引いていく。

少しずつ感情が引いていくようにゆっくりと。
時間にしたら数秒くらいだったのかもしれない。
永遠に感じるような数秒間。
「…………っ…………！」
ミアの動きが止まった。
しばらく体を震わせていたが、やがてそれも落ち着いていく。
ミアは地面に倒れ込みながら、俺を見た。
「……ミア？」
声をかける。
ミアの目の焦点が合い始める。
少しずつ理性が戻っていくようだった。
いつものミアが俺の惨状を前にして、驚いたように目を見開く。
「え…………？」
良かった。
戻ったんだ。
俺は安堵しながら、声をかけようとする。
だけど思考がまとまらない。
血を流しすぎたのかもしれない。

安心して緊張が解けたせいで疲労が一気に押し寄せてきた。

あ……駄目だこれ。

そして、正気に戻ったミアに安堵したのを最後に俺の意識は途絶えた。

過去

——ああ、夢だな。
すぐに分かった。
父と母がいなくなった日。
いつものように帰ってくると思っていた。
だけどそうはならなかった。
父がクエストの報酬代わりに手に入れたと言っていた装飾のついた剣。
珍しいものなのだと自慢していたアダマンタイトの欠片。
母が父にプレゼントされたのだと大事にしていたネックレス。
全部なくなっていた。
あの日、自分はどんな気持ちだったのだろうか。
どんな感情で二人を待っていたのだろうか。
街の人間にも聞いた。
家の中も探した。

そうして何かあったのではないかと1年間心配し続けて――

発覚した借金。

不憫《ふびん》だった。

目の前で父と母を探して泣きそうになっている自分の姿が哀れだった。

「無駄なんだよ……どこにもいないんだって……あいつらは、俺のことを捨てて逃げたんだからさ」

1年前の自分に……夢の中の自分に話しかける。

見ていられなかったから。

どこにもいないのに……いるわけないのにあちこちを探す自分が見ていられなかったから。

すると夢の自分がこちらを向いた。

『なんで二人を探さないんだ？　その力があったらできるだろ？』

夢の自分が話しかけてきた。

ちょっと驚いたけど、夢の中だし何でもありなのかもな。

戯れに答えてみる。

「……金がないだろ？　そんな余裕はない」

位置情報は高額だ。

借金のことを考えたらそんな余裕はない。

そうだ。

今は少しでもお金を貯めないと。

『……』

夢の中の俺が黙り込む。

けどその目は何かを語りかけてくるようだった。

「……なんだよ、何か言いたそうだな。言いたいことがあるならはっきり言えよ」

『嘘つき』

突然よく分からないことを言われた。

嘘つき？　なんのことだ？

「嘘つきって……何のことだ？」

『ほんとは気付いてるんだろ？　自分が矛盾してるってことに。気付いていないふりをしてるんだろ？』

夢の中の俺の言葉は変わらず要領を得ない。

だけど、その言葉から、目の前の自分から目を離せなかった。

「……だから、何の話だよ」

『なぁ、そんなに――』

◇　◇　◇

変な夢を見た。
ぼうっとする頭を動かして辺りを確認する。
ここは、ああ……俺の家か。
「……家？」
記憶を辿って思い出そうとする。
たしか……デカい鳥の魔物と戦って、その鳥は――
そうだ、彼女は……ミアはどこだろう。
ベッドから体を起こそうとするが……無理だった。
全身が怠《だる》くて全然動けない。
包帯がギチギチに巻いてある。
ミアがやってくれたのだろうか？
ぎぃっ
丁度その時、扉が開いた。
知らない人物が入ってくる。
眼鏡をかけた白衣の女性。
歳は20くらいだろうか……誰だろう？
その後ろにミアの姿も見える。
俺は頭を動かしてミアに目を向けた。

するとミアは驚愕して涙を浮かべた表情のまま駆け寄ってきた。

「ご主人様ッ！」

それを見て安心した。

腕には包帯が巻かれていたけどそれだけだ。

他に大きな怪我をしている様子もない。

「ごめんなさいっ、ごめんなさい……ッ！」

ミアは繰り返し謝ってきた。

瞳に涙を溜めながら、悲痛な面持ちでそれだけを何度も口にする。

そうしていないとおかしくなってしまうとでも言うように。

何とか手を伸ばそうとする。

鈍い痛みが走るけど、なんとか彼女の頭に手を乗せる。

「あまり無理はしない方がいい」

ミアを慰めようとしていると、白衣の女性が声をかけてきた。

冷静なようでいて、こちらを気遣ってくれる言葉。

知り合いにこんな人物はいない。

俺は少し警戒しながら尋ねた。

「失礼ですがあなたは？」

そう質問すると、目の前の女性は丁寧に答えてくれた。

「私はアリス。医者だよ、ベルハルト君の怪我の治療をさせてもらった、それとすまないがこの家の一室も使わせてもらっている」

ミアが呼んだんだろう。

この丁寧に巻かれた包帯もアリスさんがやったのか。

だけど医者と聞いて真っ先に、そんなお金あったっけ……とか考えてしまった。

ここ最近は医者に世話になったことがないので覚えていないけど、家に置いてあった僅かな備蓄ではどう考えても足りないと思う。

ミアに渡した３０００Ｇも狂化を解除する際に使ってしまったしな。

いくら取られるんだろう。

「ああ、治療費のことは気にしなくてもいい」

「……？　どういうことですか？」

「そうだね……詳しいことは彼女に聞いたほうが早いと思う」

少し不安が過ぎったけど、悪い人ではなさそうなのでその言葉を信じることにした。

気にはなるけど、今は何にせよお礼を言うべきだろう。

「ありがとうございます」

「気にすることはないよ、これが仕事だからね」

アリスさんは軽く体に触れて俺の容体を確認した。

包帯が巻かれた箇所に手を回してくる。

腕を動かした時に脇腹の辺りが痛かったけどそれだけだった。

「だいぶよくなってきたね、最初はちょっと危ない状態だったけど」

「俺……どのくらい寝てました？」

「4日くらいだね」

4日か……思ったよりも寝てしまっていたようだ。

「無理は禁物だ、しばらくはベッドで寝たきりの生活になるだろう」

うげ、と思ったけどこればっかりは仕方のないことなので素直に頷く。

「また後で包帯を替えるから、それまで休んでいてくれ、体に少しでも異変があればすぐに呼ぶように」

俺が頷くとアリスさんは出て行った。

あとには俺とミアだけが残される。

ミアのすすり泣く声。

狂化中の記憶はどうなるんだろう……謝ってきてたし、もしかしたら残るものなのかもしれない。

そう考えたらミアが気にしすぎないように何か言ってやった方がいいのだろう。

ミアのほうに視線を向ける。

彼女の目の下には薄らと隈ができていた。

「……ちゃんと寝たのか？」

「はい……」

嘘っぽかった。

顔には隠し切れない疲労が浮かんでいる。

もしかして寝てないんじゃないだろうか。

俺が心配しているとミアが頭を勢いよく下げ床に擦りつける。

人の尊厳を全て捨て去るかのようなその行為。

俺はベッドの上にいるため必然的に見下ろす形になる。

「ご主人様……この失態……どんな罰でも受けさせて頂きます、ですが……それよりも、なにより
も」

ミアは抑えきれない涙を流す。

嗚咽交じりの声。

「よかったです……ッ！　私っ、ご、ご主人様が死んじゃうんじゃないかって……！」

ミアはまた泣き出した。

ミアはすぐ泣くなぁ……と、少し苦笑する。

「ああ……ミアこそ無事でよかった」

色々あったけど、お互いに無事でよかったんだ。

怪我はしてるけど二人とも生きてる……なら今はそれだけで十分だ。

「そういえば俺が気絶してからどうなったんだ？」

俺だけじゃなくてミアも怪我してたと思うんだが。

するとミアは涙を拭いながら俺の質問に答えた。

「……あの後、私はすぐに手持ちの薬草で応急処置をしました。素人判断ですが……荷物は一旦その場に隠してからご主人様を背負って家まで運ばせて頂きました……それから急いで街に行きアリスさんを呼んだんです」

ミアは随分頑張ってくれたようだ。

頭を撫でたかったけど、体が動かないので諦めた。

続けて聞く。

「お金もそんなになかったと思うんだけど、アリスさんはどうやって呼んだんだ？」

「治療にかかった分はアリスさんのもとで雑用をするという形で返すことになりました……足りない分はいつでもいいから払ってくれと……」

いつでもいいとは……なかなか寛大だな。

ありがたいけど、借金がまた増えたことになる。

「ご主人様……」

「ん？」

今後について考えていると、ミアが俺を呼んだ。

声は震えていた。

「……私がご主人様にお怪我を……っ、させてしまいました……！　申し訳ありません……っ！　謝って済むことではありません……この不敬な奴隷に、どうか罰をっ、罰を、お与えくださいっ！」

俺はお互いが生きてるだけで十分だと思っている。

だけど、ミアからしたらそうじゃないのだろう。

俺もミアを傷つけてしまったら自分を責めると思う。

きっと彼女は自分を責めたんだろう。

少し悩んだけど、やはりなんらかの形での罰は必要なのかもしれない。

「ミアは狂化の時の記憶はあるのか？」

一応確認を取る。

「……はい、私がご主人様に……っ」

「……分かった、罰を与える、いいんだな？」

ミアは覚悟を決めたように頷いた。

「はい……どのような罰でも受けさせて頂きます……」

顔を青くして零れる涙を拭おうともしない。

手をぎゅっと握りジッと俺の言葉の続きを待っている。

まるで大罪を犯して処刑される寸前の罪人のよう。

それが何であろうと全てを受け入れる覚悟を感じた。

(そんな顔されると罪悪感があるんだけど)

どんな罰を想像してるんだろうか。

俺が何を言っても受け入れそうだ。
死ねと言えば本当に死ぬんじゃないかってくらいの気迫を感じる。
絶対言わないけどさ。
俺は考えてみる。
色々浮かぶけど違う気がするものばかりだ。
きっとミアは納得しないだろう。
逆の立場だったら絶対納得できない。
もし俺がミアに大怪我をさせたら……ミアはなんて言うだろう。
どうすれば俺は自分を許せるだろうか。
いや、そもそも俺はそんなことをしてしまった時にどんな気持ちになるんだろう。
想像すらできない。
だから、これを伝えることにした。
「俺さ、借金があるんだ」
ミアは黙ったままだ。
俺の言葉の続きを待っていた。
「払えなかったら奴隷になるんだ。ミアもまた奴隷商のところに逆戻りすると思う」
ミアは可愛いからきっと今度は高額な奴隷として貴族あたりに買われていくんだろう。
俺は続けた。

「それでも一緒にいてほしい、俺から離れないでほしい」

それが罰だ。

ミアに今まで伝えることのできなかった事実を伝える。

全部話した。

今まで何があったのかを。

親に捨てられたこと。

借金のことも、死にかけたことも。

そして、この謎の力のことも——

ミアに伝えたかったことを、全部伝えた。


ミアは黙って聞いていたけど、しばらくすると大粒の涙をボロボロ流して泣き始めた。

「ひっぐ……ぐすっ、ひぐっ、うぁぁ……」

ミアは顔を歪め、涙をボロボロと流して、それはもう大泣きだった。

今はようやくおさまってきたところだけどまだ泣いてる。

「……ひぐっ、うぇぇ……っ」

何かしらの反応はあるだろうなとは思ってたけど、ここまで泣かれるとは思ってなかった。

相変わらずミアは感情が豊かなようだ。

「ご主人様っ、が、うぁっ、ぐすっ、ごしゅ、ううぅ……！」

何言ってるか全く分からない。

今は何を話しても仕方ないと思い、ミアを待つ間に窓の外に目を向ける。

外はもう夕方になったくらいか。

雨はすっかり止み、鮮やかな朱色の空に、オレンジ色の雲がかかった夕日が顔をのぞかせていた。

しばらくして視線をミアに戻した。

「……ミア、俺はもう大丈夫だ。気にしてないと言えば嘘になるけどだいぶ整理もついたしな」

「は、いっ、わかりまし……うぇぇ……っ」

まだ涙は止まらないようだ……

このままだとミアが干乾びそうだと思ったので、話を逸らすことにした。

俺は俺でミアに聞きたいことがあったんだ。

「……ミアのことも知りたいな」

俺がそう言うと、ミアは涙を拭いながらこちらを見てくる。

「ぐすっ、わ、私の……こと、ですか?」

「うん、俺たちってお互いのこと何にも知らないなって思って、もし嫌じゃなければ教えてほしい」

俺がお金集めばかりしてたせいで、俺とミアは一緒に過ごしていたのにほとんどお互いのことを知らない。

好きな食べ物でも、嫌いなことでも、趣味でも、どんなことが苦手なのか、どんなことが好きなのか。今は何でもいいからミアのことが聞きたかった。

「あの……退屈……かもしれませんよ……？」

自信なさそうなミア。

相変わらず卑屈だな……俺は言ってやる。

「ミアは俺の話を聞いて退屈だったか？」

答えの分かっている質問をした。

ずるい気はしたけど、やっぱりそれを聞いてミアは勢い良く首を振った。

「そ、そんなことはありえませんっ!!」

「なら、そういうことだよ。なんでもいい、聞かせてくれないか？」

するとミアは少し考え込むような仕草を見せた。

何を聞かせてくれるのだろうと、少しワクワクしながら待つ。

しばらくするとミアは顔を上げて控えめに聞いてきた。

「そ、それなら……私が生まれた村の話など、どうでしょうか？」

俺はそれを聞いて少し驚く。

ミアは親に売られたと聞いている。

そんなミアにとって故郷の話なんてトラウマ以外の何物でもないだろう。

知りたいと思うのは確かだけど、ミアが傷付くなら無理に聞こうとは思わない。

「聞いてもらいたいんです……その、ご主人様に私のことを知ってほしくて……あまり楽しい話ではないですが……」
ミアは申し訳なさそうに言ってきた。
俺が聞いてほしかったように、ミアも俺に聞いてほしかったのかもしれない。
「分かった」
俺が頷くとミアはぽつりぽつりと話し始めた。
思い出すように、少しずつ。

◇　◇　◇

ご主人様が私のことを知りたいと言ってくださったことがうれしかった……
だけど、ちょっと不安だった。
あまり楽しい話じゃないからご主人様の気分を害してしまうかもしれないと。
だけどやっぱりご主人様には私のことを知ってほしかった。
「私が生まれたのは小さな獣人の村でした」
ゆっくりと思い出す。
私の記憶。
私の生まれた場所のことを。
一番最初の記憶は母親の姿。

黒い猫の獣人。

とても綺麗な人だったのを覚えてる……だけど、母は私を愛してくれたことはなかった。

時折、私を怯えたように見る母。

近付けば叩かれて、寝る時は外か廊下だった。

起きたらいつも言われる。

——汚らわしい。

それが毎日聞かせられる母からの言葉。

ご飯はほとんど貰えなかった。

少量の萎びた雑草がいつも地面に置かれていた。

毎日が空腹だった。

だから母にお願いしたことがある。

もっといっぱい食べたい、と。

その夜は何ももらえなかった。

泣いて謝った。

ずっと泣いていると母にうるさいと怒られた。

お仕置きとして殴られた。

顔が腫れて血が出ても何度も何度も。

それが終わると外に放り出された。

それからは自分で食べものを探すようになった。

近くの森の中に入って食べられるものを探した。

それでもお腹がいっぱいになることはほとんどなかった。

自分でご飯をとるようになってから魔物とも戦った。

強くてもゴブリン程度の魔物だけど、それでもやっぱり怖かった。

母に土下座をして謝ると、その日はご飯がちょっとだけ多かった。

誰も話しかけてくれない。

一緒に遊んでくれる人もいない。

最初はこういうものだと思ってたけど、周りの子供たちは楽しそうにしている。

親に優しく抱っこされたり、追いかけっこやかくれんぼをしていた。

羨ましかった。

同い年の子供に遊びに交ぜてほしいと言っても「お前とは遊ぶなって言われてる」と怒られた。

私はいつも一人だった。

村のみんなは助けてくれない。

なんで？　そう聞いたことがある。

村のみんなは教えてくれた。

私のことを憐れんだのか、しつこく毎日聞いてくる私を遠ざけたかったのか。

分からないけど、そこで私は母のことを知った。

私は、母が盗賊の人に乱暴されたから生まれた子供なのだと言われた。

上手く理解はできなかったけど、とても悲しくなった。

母が私を忌み嫌う理由。

私に父親がいない理由。

それだけは理解できたから。

私は望まれて生まれた子供じゃなかったのだ。

その夜、私は母の布団にもぐり込んだ。

母に許してもらいたかったのかもしれない。

その時初めて私は母の温もりを感じた。

だけど――

私のことに気付くと、母はその場で吐いた。

その日から寝る時は縄で縛られるようになった。

母は言っていた。

お前のその髪の色が、瞳の色が醜いと。

私のことが汚いと。

――産むんじゃなかった、と。

それからしばらくして私は奴隷になった。

汚くてガリガリに痩せた私は大した値段にならなかったと、村長さんがぼやいているのが聞こえた。
最後まで私は何の役にも立たなかったようだ。
だけど、せめて最後に母に触れたかった。
偽りでもいい。
憎まれていてもいい。
我儘だと理解はしている。
それでも、あの日感じた母の温もりをもう一度だけ感じたかった。
それから私は言葉遣い、礼儀などを教え込まれた。
大して売り物にはならないけど、仕事だからと言っていた。
バシィッ！　バシィィッ!!
毎日鞭で打たれた。物覚えが悪かったから。
あまり傷がつかないように特別な鞭を使っていたらしい。
それでも痛くて何度も泣いた。
謝っても許してもらえなかった。
「おい、さっさと食べろ！　また鞭がほしいのかっ！」
私はいよいよ動けなくなっていた。
あまり美味しくないご飯。
口に運ぼうとするけど、力が入らない。

空腹と寂しさを感じながら、泣きたくなった。
死にたかった。こんなに苦しくて辛いのに生きてる意味なんてあるのかなって……
「────」
「────」
話し声が聞こえた。
気付けば目の前に同じくらいの歳の男の子がいた。
その時の記憶はあやふやだ。
だけど、その時に感じた温もりがとても温かかったのだけは覚えている。
もう私には届かないものだと思っていた。得られないものだと思い込んでいた。
だけど、ご主人様はそれを私にくれた。
温もりだけじゃない。傷付いた体を癒して、食事と優しい言葉をくれた。
私の話を黙って聞いている男の子を見る。
不思議な力を持った私のご主人様を。
私は自分が誰にも必要ないのだと。
誰にも必要とされていない存在なのだと、思っていた。
実際その通りなのだろう。
私は誰にも必要とされていない汚らわしい存在なのだ。
だから、私は。

あの日、私に温もりをくれたこの人を。

私を必要だと言ってくれた貴方のことを――

この世の誰よりも、お慕いしているのだ。

◇　◇　◇

ミアが自分の過去を話し終える。

自分が経験した全てを俺に語り、だから俺には感謝していると……そう言ってミアは締め括った。

「申し訳ありません、長くなってしまいました……でも、ご主人様に聞いてもらえて嬉しかったです……ありがとうございます」

想像以上に壮絶な人生だった。

なんて声をかけたらいいのか分からない。

だけどそれと同時に納得もいった。

ミアの持っていた多くのスキル。

あれはミアが辿ってきた人生の過程で得たスキルなのだ。

なんて言えばいいんだろう。

どんな言葉をかけても安く思えてしまう。

するとミアはまたしても申し訳なさそうに謝ってきた。

「……ごめんなさい、やっぱり楽しい話じゃなかったですね……」

ミアは後悔を滲ませながら言う。

だけどそれは違うと思った。

「確かに楽しい話じゃないけど俺は聞けて良かったと思ってる、話してくれてありがとな」

これは間違いなく本心。

ミアのことが知れて俺は嬉しかった。

そしたら――

「いえ……私こそ……これから私が一生お仕えするご主人様には全部聞いてほしかったんです。本当に……ありがとうございます」

またなんか変なこと言いだしたこの子。

「……ミア？　一生仕えるって聞こえたけど……」

「え？　はい、そうですけど……？」

思わず黙ってしまう。

だけどそういえば、ミアとそのことに関して話をしたことはなかった。

「先に言っておくけど俺はミアを一生奴隷として縛り付けるつもりはない」

「え……？」

驚かれた。そして、表情はさらに怯えを含んでいく。

でもそんなに驚いたり怯えるところだろうか？

俺はミアをいつか奴隷の身分から自由にするつもりだ。

その時にはミアがやりたいようにしてくれればいいと思っている。

まあ、当分先にはなるだろうけど、少なくとも一生縛り付けるようなことはしたくないと思っている。

「え、えっ？　あの……ご主人様？　ま、また私は何かしてしまったのでしょうかっ？」

「違うぞ、ミアだって身分的にずっと奴隷なんて嫌だろ？　色々と一段落したらその首輪は外してもらう」


だけどその前にミアの狂化を何とかしないといけない。

いつでも狂化を何とかできるように3万Gは確保しておかないとな。

「………あの、もしご主人様が良ければなのですが」

「ん？」

「ずっと、奴隷としてお仕えしたいです……」

「……ずっと？」

するとミアは慌てて補足してきた。

「も、もちろんご主人様が私のことを邪魔だと思ったならいつでも捨てて下さって構いませんっ！　でも、できればそれまでは……」

ミアは何か奴隷に拘りでもあるのだろうか。理由を聞いてみる。

「ご主人様と繋がりがあるのが嬉しいんです、どんな形でも私がご主人様の所有物だって実感できて……必要とされてる気がするんです」

「……嫌じゃないなら無理にとは言わないけどさ」

俺にはよく分からない感覚ではあるけど、ミアの過去を聞いた後だとあまり強くは言えない。

必要とされていなかったとミアは言っていた。

なら俺がその分ミアを必要としてあげようと思った。

それに――――と、ミアは続ける。

「ご主人様の奴隷って、凄くいいじゃないですか……」

ミアは恥ずかしそうに顔を背けた。

また変なことを言い出した。

俺はこの言葉をどう判断したらいいんだろう。

困った俺はとりあえず窓の外を見て気を落ち着けることにした。

まあ……ミアが変なのはいつものことだしな、と何気に失礼なことを考えた。

そうしてしばらくするとミアが姿勢を正して聞いてくる。

「あの、ご主人様……次の罰はなんでしょうか?」

「？　次の罰？」

疑問を感じてミアを見る。

するとミアも不思議そうにしていた。

「いや、ミア？　もう罰は終わったんだぞ？」

「そんなっ！　ご主人様のことを教えてもらって終わりなんて……むしろご褒美です……」

「そ、そうなの……？」

知らなかった。

俺の過去を聞くことはご褒美だったのか。

面倒なことを知ってしまったとか思わないのだろうか。

いや、ミアはそんなこと思いそうにはないけど……ご褒美とまで言われるとは。

「……じゃあ次の罰を与えるけど、いいか？」

「なんなりと」

そして、また最初に戻る。

ミアは覚悟を決めたように……って、俺としてはミアにあまりひどいことをしたくないのだが。

「ミアが嫌なことってなにがある？」

「ご主人様の嫌なことが私の何よりの苦痛です」

即答だった。

真面目に言ってるんだとは思うけど、それはもはや俺の罰だと思う。

どうしよう。難しいぞ意外と。

「ミアは俺に怪我を負わせたんだ。その分俺を助けてくれ。それが罰だ」

「そんなこと当たり前ですっ！　ちゃんとした罰を下さいっ！　じゃないと……私はこれからどう

したらいいのか……！」

気持ちは分からないでもないけど、それを言いだしたら終わらない。

俺はなんとかミアを宥める。

「そんなに後悔してるんだったらその分働いてくれればいい」

俺としてはミアに罰はなくてもいいくらいだと思っている。

結果としてあの怪鳥に殺されなかったのはミアのおかげだしな。

ミアは不満そうな顔をしながらも渋々頷いた。

だいぶ強引だったけど受け入れてもらえてよかった。

「じゃあ罰の話は終わりだ。これからの話を」

その時自分のお腹から音が鳴った。

「あ、お食事になさいますかっ？」

「そうだな……何か無性にお腹すいたし」

ずっと寝てたせいだからだろうか。

強い空腹感を覚える。

窓の外を見るともう暗くなっていた。

俺たちはアリスさんを呼んで包帯を替えてもらい、夕食を食べることにした。

◇　◇　◇

ミアとアリスさんは一足先に夕食を済ませる。

寂しい気はしたけど俺が寝ている部屋にテーブルなどはないので一緒に食べることができないのは仕方ない。

俺はと言えば、ベッドの上でミアとアリスさんが持ってきてくれたおかゆを前に四苦八苦していた。

「ぐ……っ」

失念していた。

俺怪我してたんだった……体が動かせない。

腕を動かすと脇腹に鈍い痛みが。

「無理はしないでくれ、だいぶ良くなってはいるけどまだ治ってないんだからね」

アリスさんの声は平坦な感じだが、こちらを気遣ってくれていることがよく伝わってくる。

悪い人ではないのだろう。

だけど、無理をしないわけにはいかない。

こんなにおいしそうな卵の入ったおかゆなんて久々だ。

体はこれを欲しているのだ。

「……食べさせてあげようか？」

それは所謂《いわゆる》あーんというやつだろうか。

美人なアリスさんに食べさせてもらうというのはどこか恥ずかしい気はするけど、この際そうも言ってられないだろう。

なぜかミアがすごい勢いでこっちを見てきたのが気になったけど、見なかったことにしてお言葉に甘えることにする。

アリスさんは俺の口元へおかゆを運んでくれた。

少し熱かったけど今の俺には丁度いい。

空になったお腹が満たされていく。

食べさせてもらいながらこれからのことを考える。

アリスさんは俺が動けるようになるまではこの家に泊まり俺の容体を見るらしい。

そうなるとアリスさんがいるからスキルを使って回復するわけにもいかない。

しばらくは休みかなこれは……

ふと、ミアを見る。

やたら羨ましそうな眼差しでこちらをジッと見ていた。

胸の前で手を握り締めて、泣きそうなミアに俺は首を傾げるのだった。

就寝前。

アリスさんは隣の部屋を使い、ミアはこの部屋の床に布団を敷いて寝ている。

どうせなら違う部屋のベッドを使えばいいのではと思ったけど、寂しがり屋なミアが瞳をうるうるさせてきたので同じ部屋で寝ることにした。

俺としてもミアの過去を聞いた後で、一人で寝ろとは言いづらかったからな。

寝る前に軽く体を動かして痛む箇所を確認する。

「っ……！」

全身を伸ばそうとしたけどそれはやはり無理だった。

「怪我の回復……２割くらい」

アリスさんがいないうちに万能通貨で体力を少し回復しておくことにした。

少しだけ体の感覚が軽くなる。

もう一度腕を少し動かして状態を確認した。

まだちょっと変な感じだけど……さっきよりはだいぶマシだ。

しばらくは寝たきりになるだろうけど、この分なら案外早くに動けるようになるだろう。

やらないといけないこともあるし、早く治さないとな。

翌日アリスさんは俺の体を見て驚いていた。

怪我の治りが思ったよりも早いらしい。

俺にはよく分からないけど、医者のアリスさんから見たら違和感があるのだろう。

２割は多かったか……今度はもっと気を付けよう。

◇
◇
◇

数日後。

最初は家に初対面の人がいるってことで少し緊張してたけど今ではアリスさんとだいぶ打ち解けることができてきたように思う。

自然と会話が弾み俺たちは、アリスさんのことを教えてもらっていた。

「え？　アリスさんってハーフエルフなんですか？」

包帯を替えてもらいながら思わず聞き返す。

ミアも俺の隣で驚いていた。

エルフは排他的な種族であまり人前に出てくることはない。

中には普通に里の外で生活してる人もいるけど、それも少数派だ。

少なくとも俺は見たことがなかった。

「やっぱり珍しいかな？　ほら、耳も少し尖《とが》ってるだろう？」

薄い緑色の髪を手で上げて、耳を見せてくれる。

言われてみればアリスさんの耳は僅かに長い気がした。

あまり気にはならなかったけど、やはりエルフという種族の珍しさについじろじろと見てしまう。

「確かにエルフは里から出ることはあまりないけどね、でも私には目的があってね」

「目的、ですか？」

聞いてもいいのだろうかと、少しだけ悩む。

するとアリスさんはあっさりと教えてくれた。

「君たちと同じくらいの娘がいるんだよ、……その娘に外の世界を見せてあげたくてね」

そうなのか……ということはアリスさんの娘さんも街にいるのだろうか？

あれ？　でもちょっと待てよ……俺やミアと同じくらいの歳の娘がいるってことはアリスさんの年齢は……いや、やめておこう。

触れない方がいいこともあるだろう。

「だからかな……あんなに必死に助けを求めてきた女の子を放っておけなかった。君は本当にこの子に好かれているんだね」

ミアが恥ずかしそうに顔を伏せた。

俺も少し照れ臭かったけど、それ以上に嬉しいと感じた。

（それにしてもアリスさんの子供か……）

きっとアリスさんに似て優しい子なのだろう。

アリスさんの娘さんなら、いつか会ってみたいなと、密《ひそ》かに心の中で思う。

そして、包帯を替えた後でアリスさんはやはり驚いていた。

怪我の治りが早すぎると。

どうやらまたやりすぎたらしい。

今度はスキルを疑われてしまった。

万能通貨のことはさすがにバレてないけど、治癒を早めるスキルを持ってるのかと聞かれた。

加減が全く分からない……さすがにスキルを疑われるなら万能通貨で回復を早めるのは、やめておいたほうがいいかもしれないな。

俺は大人しく自分の体の回復力に任せることにした。

回収

そしてあっという間に1週間が経過した。

治療が終わりアリスさんは街へ帰るらしい。

俺とミアはアリスさんを見送りにきていた。

「ありがとうございました、アリスさんのおかげですっかり良くなりました」

俺の怪我はほとんど治っていた。

もう包帯も巻いていない。

動くのにほとんど問題はないし、ここまで来たら心配もないだろうとアリスさんは言っていた。

「気にすることはないよ、治ってよかった」

アリスさんは事情を聞くことなく俺を治療してくれた。

それに関してはありがたかったけど、ここまでしてもらっていいのだろうかと少し不安にもなった。

「さっきも言ったが気にすることはない、いつでもいいとは言ったけど治療費は貰うんだからね」

アリスさんがそう言うならと、もう気にしないことにした。

恩は恩として覚えておくけどな。

ミアもお礼を言って頭を下げる。

今後も贔屓にしてくれると嬉しい。

そう言い残してアリスさんは街へ帰っていった。

俺が気にすることでもないと思うのだけど、ほかの患者さんはいなかったのだろうか。

アリスさんが完全に見えなくなったのを確認すると、俺は力を使った。

「残った怪我の回復」

体を光が包み込む。

ほとんど治っていたけど、一応購入しておいた。

これでもう完全に元通りになったわけだ。

今まで容体を見てくれたアリスさんには少し申し訳なかったかもと思ったりするけど、万能通貨を説明するわけにもいかないので割り切ることにした。

「よし、さっそく行こうか」

「?　どこへ行かれるのですか？」

そういえばミアにはまだ話してなかった。

首を傾げるミアの疑問に答える。

「あの鳥の魔核を回収しに行くんだよ」

◇　◇　◇

俺とミアはゴド山に登りあの怪鳥と遭遇した場所へ向かっていた。

またあの強さの魔物が出ないとも限らないけど、あんなのはそう何体もいないだろうと思うことにした。

ミアはかなり警戒していたけど、今のところは特に何事もない。

「ほかの冒険者に見つかっていなければいいのですが……」

ミアが心配そうに言う。

確かにほかの人間が見つけていたら、魔核は回収されているかもしれない。

少し心配にはなるけど、この山は人の出入りが少ない。

それにあの強さの魔物の魔核はなんとか確認だけでもしておきたい。

オークが８０００Ｇだと考えたら、あの怪鳥は１万は軽く超えるだろう。

もしかしたら２万を超えるかもしれない。

途中で遭遇したゴブリンなんかも倒して進んでいく。

しばらく収入がなかったこともあり、スライムクラスの魔物も逃さず魔核を回収していく。

地図スキルと探知スキルを使いながら慎重に。

そうして大まかな場所へ辿り着いた。

「ご主人様、これは……オークでしょうか？」

もう動かなくなっているオークを見つけた。
既に肉体はでろでろに腐っていて、原形はあまり残っていない。
骨の見える場所の方が多かった。
たぶんあの時の投擲スキルを持っていたオークだろう。
あの怪鳥の体もこんな感じになっているのだろうか……あんまり触りたくないな。
「お、あれかな？」
それらしきものを発見する。
怪鳥の体は太陽の輝きを反射してキラキラと光っていた。
「？　なんだ……？」
そして俺は違和感に気付く。
怪鳥の体はほとんどそのままに見えた。
魔物や動物に食べられているかもと思ったけどそれもない。
倒した時のままの原形をほとんど留めているようだった。
「これは……何でしょう？」
ミアが不思議そうに近寄る。
怪鳥の体の表面は何かキラキラしたものでコーティングされているようだった。
俺は無言で怪鳥に近付く。
取り出した解体ナイフを突き刺し、腹の辺りを解体していく。

魔核らしきものが見える。
大きい……魔核に手を伸ばそうとしたけどグッと堪えて解体を続けた。
ふと子供の頃に読ませてもらった魔物図鑑の1ページを思い出したからだ。
その魔物図鑑にはこれと似た魔物の特徴が書かれていた記憶がある。
逸《はや》る気持ちを抑えながら目的の部位までナイフを進めていく。
ミアが俺の行動を見て不思議そうにしていた。
ガッ！
何かにぶつかる音。
中を覗き込んで胃袋の中身を確認した。
思わず笑いが零れる。
そういうことだったのかと。
「……あながち財宝の噂も嘘じゃなかったってことか」
怪鳥の胃袋の中には巨大な金属の塊が入っていた。
黒や銀や、わずかではあるが金色の輝きの混ざった巨大な塊。
「ご、ご主人様……？　これは……？」
ミアがどういうことなのかと疑問を口にする。
それに対して俺は自分の考えをミアに伝えた。
確証はないけど、たぶん当たってると思う。

「こいつは金属を食べてたんだよ」

「金属を……ですか？」

鳥の中には石や砂を食べて消化を助けるものがいるらしい。

こいつもその類だ。

栄養があるとは思えない金属や鉱石をなんらかの理由で食した。

こいつはその食べた金属を体に纏ってていたのだ。

鍍金《めっき》のように。

あの時飛ばしてきた羽根を思い出す。

鉄の刃物のような殺傷力を。

以前硬貨の位置情報に引っかかった大量の硬貨反応はこいつが食べたばかりの硬貨だったのだ。

それを偶然俺のスキルが察知した。

色々合点がいった。

だけどそれ以上に――

色々混ざってはいるけど、それでも硬貨は硬貨だ。

ほとんどが溶けているとしてもこの量ならある程度の価値はあるだろう。

よく見ればまだ原形が残っているものもいくつかあった。

銀貨や銅貨や鉄貨……少ないけど金貨も何枚かあった。

それらをスキルで吸収する。

所持金　『104260G』

一瞬にして倍以上になった所持金。

いくつかはスキルが硬貨として認識しなかったのか、掌に乗ったままだ。

だけど借金のことも、スキルに関してもこれで一気に楽になった。

魔核もだけど、こいつの食べた金属の塊は良い値段になるだろう。

「ははっ」

どうやって持って帰ろうかと頭を悩ませながら、俺は思わず笑みを浮かべた。

台車を買うことも検討したけど、出したところで山道は険しい。

子供二人で運べるようなものではないし、鳥の素材を俺たちだけで全て持って帰るのは無理だろうという結論に達した。

なのでせめて魔核だけは持って帰ろうと街へ向かう。

大丈夫だとは思うけど、あの鳥を誰かが見つける心配もあったので、少し急ぎ足でギムルの街にあるギルドの扉を潜った。

相変わらず少し酒臭く、冒険者たちの声で賑わっていた。

ミアはフードをかぶっていないので何人かの冒険者からの視線を浴びている。

中にはミアを見て鼻の下を伸ばしている冒険者もいたけど、俺がミアを隠すように遮ると舌打ちされた。

そしてギルドにて買取を待つ。

人が並んでいたので少し時間がかかりそうだ。

本でも読ませてもらおうとギルドの本棚に常備してある魔物図鑑を手に取った。

せっかくなので戦ったばかりの魔物について調べてみた。

――メタルクロウ（Bランク）

縄張り意識が強く産まれた場所から出ることはあまりない。

だが、繁殖期になると北にある繁殖地に揃って飛んで行く。

体長は６、７ｍほど。長い２本の尻尾があり、体色は黒。

主にその長い尻尾による攻撃と尻尾の先の羽根を飛ばして攻撃してくる。

その他にも爪による攻撃や体当たりもしてきて尻尾を使う攻撃には一歩劣るがその巨体ゆえに十分危険。

特に爪は鉱石を削り取るため非常に発達していて、鋼鉄をも切り裂く硬度を持っている。

さらには諸刃のスキルを持っている個体が多く守りに関しては弱い反面、敵を倒すための力に関してはAランクに近い。

消化の助けにするためなのか岩を食べる習性があり、その特殊な消化器官で岩に含まれる金属を精製する。

戦闘の際に金属を操ることができるが、体内に溜まっているのはごく微量なので切り札のようなもの。

(あいつそんなに凄い魔物だったのか……ほんとによく生きてたな俺たち……)

あれ、でも体色が微妙に違うような……？

それに金属の攻撃バンバン使ってきたけど……もしかしてあいつ亜種とかだったのか？

と、そこまで考えたところで名前を呼ばれる。

順番が回ってきたのだろう。

本を閉じて買取カウンターへと近づいた。

「魔核の買取をお願いしたいんですけど」

冒険者ギルドで買取担当のお姉さんに声をかける。

すると、いつだかのオークの魔核の時の人だった。

「はい、何の魔核でしょうか？」

スライム、ゴブリンなどの小さい魔核に合わせてあの投擲オークの魔核を提出する。

「……これで全部ですか？」

少し間を置きながらも2度目だからか、スムーズに事は進んだ。

最後にあの鳥の魔核を目の前に置いた。

「？　これは何の魔核でしょうか？」

「たぶんメタルクロウだと思います、襲われたので倒しました」

「え――――」

するとしばらく動きを止める。

たっぷり数秒間固まった後で女の人は「ふぅ～」となぜか呆れたようにため息をついた。

「えーと、お名前は何でしたっけ？」

「ベルハルトです」

答えてはみたもののなんで名前を聞かれたのだろうか？

疑問に思っていると女の人はどこか咎めるような口調で言ってきた。

「ギルドの職員に虚偽の報告をすることは明確な犯罪行為です、子供といえども許されません」

「虚偽？」

すると少し苛立ったように声が大きくなる。

「メタルクロウはランクBの魔物です！　あなたみたいな子供に倒せるような魔物ではありませ

ん！

それに加えて魔核の色も違いますっ、正直に答えてください？　これは何の魔核でどこで手に入れたんですか？」

ジッと疑いの目でこちらを見てくる。

怪しまれてるのね……

こっちとしてはあの金属の塊を外に置いたままなのでできれば急ぎたいんだけどな。

「いえ、別に盗んだとかではないですよ、確かに自分たちが倒したものです」

何と言われようとこれしか答えようがないのだから仕方ない。

色が違うのは亜種だからだろう。

ゴブリンの時にも色が違ったし。

「……分かりました。そこまで言うならこれを使います」

女の人は何か白いカードのようなものを取り出した。

なんだろう？　ギルドカード……ではないよな？

「これは魔道具です」

すると買取の女の人は説明をしてくれた。

「魔核に触れることでカードに情報が表示されるという代物なのですが……ここまで言えば分かりますよね？　撤回して謝るなら今のうちですよ？」

「撤回も何も事実ですし」

「はぁ、もう謝っても遅いですよ？」

「じゃあもしも間違ってなかったらそっちが謝ってくださいね？」

はいはい、と担当の人は魔核にカードを近付ける。

こつんとカードが触れた瞬間、カードの色がカメレオンのように変わっていく。

そうして自信満々にカードに表示された文字を確認した——

「え？」

目をぱちくりさせる買取担当者を見て内心安堵する。

こんな便利な魔道具があるならなんとかなりそうだな。

だけどそれからは色々と慌ただしいことになってしまい、質問攻めにされた。

魔道具で嘘をついてないかどうかの確認もされたし……

ミアも怯えてしまい、ちょっとだけ俺の服を摘まんで来たりした。

ある程度は覚悟してたけど、そこまで驚かれるとは。

結局この買取の人にはあとで謝られた。

あの時の言葉は半分くらい冗談みたいなものだったから別によかったのだけどギルガンさんがそれを良しとしなかった。

涙目で謝られたので気にしなくていいですよと言っておいた。

実際疑う気持ちも分かるし。

そして、その後またギルドマスターの執務室に呼ばれた。

別に話すのはいいんだけどギルガンさんは他の仕事とか大丈夫なのだろうか？

◇◇◇

「まさか本当にBランクのメタルクロウだとはな……しかも亜種だったぞ」

ギルドマスターのギルガンさんがソファーにもたれ掛かりながら呆れたように言ってきた。

あのメタルクロウと呼ばれる鳥の魔物の素材に関しては冒険者ギルドの人に手伝ってもらうことにした。

ただギルドに手伝ってもらった際の人件費的な問題で多少納めないといけないらしいけど、それでも十分おつりはくる。

「この街にはBランク冒険者までしかいないからな、ちょっとした騒ぎになってたぞ、俺としても色々聞きたいことがあるんだ」

まあ、ここってあんまり人の多くない田舎だしな。

だからあんなに驚かれたのだろうか？

ギルドの人たちからしたらこの街のほとんどの人間が倒せない魔物の魔核を俺たちが持ってきたことになるからな。

「メタルクロウの亜種は子供二人で倒せるような魔物じゃない……熟練の冒険者でも少人数じゃ無理だろう、どうやってこれを手に入れたんだ？」

Bランクの魔物はBランクの冒険者パーティか、Aランク冒険者でもないと倒せない強さだ。

冒険者はDかCランクあたりから実力者として認められ始める。

そう考えたらBランクの魔物というのは、かなりの強敵だ。

Bランクのパーティでも油断すれば全滅もあり得るだろう。

その上亜種だ。

成長の過程でなんらかの異常……例えばストレスだったり強い魔力を浴びたりとかで魔核が変化したものが亜種と呼ばれる。

亜種はその過程でなんらかのスキルを取得することが多く、見た目や強さに違いが出るものが多いらしい。

要するに強いのだ。

それを踏まえると倒したって言っても信じてもらえるかどうか……

少し悩んで黙っておくことも考えたけど、ミアのことについては相談に乗ってもらいたかったので正直に話すことにした。

どうせ買取の時に倒したって言っちゃってるしな。

ミアの狂化についてギルガンさんに伝える。

その後どうにかして奴隷の首輪を利用して元に戻したことも。

首輪のダメージで戻ったということにしたら万能通貨のことを聞かれる心配はないだろう。

「狂化か……短時間で相当強いストレスがかからないと滅多に発動しないはずなんだが……」

そこは俺も驚いたところだ。

狂化が発動するほどストレスかかるって相当だと思う。

ミアが申し訳なさそうに顔を伏せていた。

外で待っておいてもらった方がよかっただろうか？

「だけど、発動する可能性がある以上は放ってはおけない、奴隷の首輪で元に戻すことができるのは分かったが、万が一もあるだろう」

そう言うとギルガンさんは後ろの棚を漁《あさ》っていくつかの小石のようなものをテーブルにばら蒔《ま》いた。

そのうちの一つを指で俺の方へと動かしてきた。

「これは？」

「精神を安定させる効果のある魔石だ、これで狂化も多少は抑えられるだろう。これを魔道具を扱ってる店で指輪やネックレスなんかに加工してもらうといい」

そんなに便利なものがあるのか……だけど無料ってわけじゃないだろう。

ちなみに魔石とは魔核に魔法的な効果を付与して加工したもののことだ。

俺はちょっと警戒しながら聞いてみた。

「……おいくらほどですか？」

「今回のメタルクロウの総額の30％でどうだ？」

「んー……何とも言えませんね。メタルクロウの素材は全部でいくらになりました？」

何%とか言われても全額を把握してないから答えにくい。

ギルガンさんはそれもそうか、と教えてくれた。

「魔核が11万2000Gで、素材はだいぶ腐敗が進んで傷んでたから買取不可。腹の中の金属やら鉱石やらは詳しいことはまだ分からないけど少なくとも50万はするだろうって話だ」

50か……ギルドに少し納めて、さらにこの魔石も購入したとすると……諸々計算して入るのは30~40万G前後ってところかな。

「意外と少ないですね？」

300万は行くと思ってたのに50万か……想像していたより遥かに安かった。

ちょっと……いや、かなりショックだ。

あの量の塊なら地金としての価値も高そうだしもっと行くと思ってたけど。

それとも俺が無知なだけなのだろうか。

「メタルクロウは別に全部体内に貯めるわけじゃないからな、糞にもなるし、攻撃手段として体外に排出したりもする。残ってた塊も胃酸で溶けて劣化してたり空洞も多かったらしい」

そうなのか……残念。

倒すタイミングが悪かったんだな。

頭の中で計算し直す。

それと同時に魔石と狂化のことも考える。

取り分は少ないから思ったより余裕はできなかったけどミアの狂化の心配がなくなるなら早めに

解決しておきたい。

そうなるとやはり魔石は欲しいと思う。

「魔石に関しては別に完全に無効化するわけじゃないからな。買ってもそのことは忘れるなよ」

どうするかと頭を悩ませる。

「言っとくがこの魔石は珍しいからな」

自分から買わなかったら手に入るところはないぞってことだろうか。

30%ってことは、大体18万くらいってことだよな。

だけど魔石なんて今までほとんど見る機会はなかったんだ。

値段なんて知るはずもない。

うん、覚えてない。

昔両親と街に来た時に見たことがあるような気もするけど……何年も前のことだからな。

ミアをチラリと横目で見る。

申し訳なさそうに頭を振るところを見るとミアもどうやら知らないようだ。

どうするか……

「あ」

思わず声を出してしまった。

俺は慌てて咳払いをして誤魔化すと、スキルを発動した。

そうだよ、何で忘れてたんだ。

俺には万能通貨があるじゃないか。

これの値段は良い目安になるだろう。

それにしてもこのスキルは何を基準としているのだろうか……物品は高いと思ったらスキルは安いし、謎である。

「どうした？」

おっと、いかんいかん。

また変な目で見られてた。

余計なことを考えるのはあとにしよう。

多少ギルガンさんの方が高くても今後の関係のことも考えてそっちで買ってもいい。

ギルドマスターの顔も立てないとな。

そう思い目の前の魔石と同じものを調べる。

精神安定の魔石（中）『120000G』

スキルが表示した値段はギルガンさんの提示してきた値段よりも安かった。

ギルガンさんの提示した値段は大体18万くらい。

少なくとも50万って話だからもっといくかもしれない。

それなのに万能通貨では12万で買えるのだ。

つまりそれはギルガンさんが高めに値段交渉をしていることを意味しているのだと思う。

「……20％くらいでどうです？　たぶんそのくらいだと思うんですけど」

「……なんだよ、相場知ってたのか？」

そう言うってことはつまりそういうことだろう。

試されてたみたいだ。ついジト目になってしまった。

ニヤリと笑ってきたギルガンさんにため息をついて苦笑を返しておく。

「お前の言う通り大体そのくらいだ、悪かったな」

別に怒ってるわけじゃないんだけどな。

値段交渉で高めに言うのは常套手段だろう。

「それじゃあ20％ってことでいいですか？」

「ああ、いいぞ」

ちなみに狂化スキルの消滅と狂化無効の魔石については以下の通りだ。

対象の狂化消滅（レベル３）
『750000G』
狂化無効の魔石
『350000G』

たぶん消滅が無難なんだとは思う。

だけどさすがに75万Gはポンと出せない。

無効の魔石はなんとか素材代から買えるかもしれないけど……

顔を立てる意味でもギルガンさんから買った方がいいだろう。

そっちを手に入れてから精神安定の方は売るなりすればいいと思う。

「狂化無効の魔石ってどこにあるか分かります？」

「そうだな……北の方にあるラムールにならあるかもな」

ラムールか……冒険者の街として有名なところだ。

もしかしたら魔石が安く手に入るかもしれないし、それにこの辺りは魔物が少ないのだ。

ラムールの周辺に出る魔物の魔核目当てで行ってみるのもいいかもしれない。

後でミアと相談しよう。

「ああ、待ってくれ」

部屋を出ようとしたところで呼び止められる。

何だろうと後ろを振り向く。

するとギルガンさんは俺たちに向かって頭を下げていた。

「えーと？」

その意味が分からず困惑した。

するとギルガンさんが頭を上げて説明してくれる。

「実はあの山では死人が出ててな」

「……はい、それは聞いたことあります」

「あの山に入るのを禁止する情報を伝える前にお前たちは山に入ってしまった。これはこちらの過失だ。危険な目に遭わせてしまってすまなかった」

そして、ギルガンさんは続ける。

先ほどよりもさらに深く頭を下げながら――

「彼らを殺したのはお前たちが倒したメタルクロウだった。仇を討ってもらえて彼らも浮かばれると思う。ギルドマスターとして礼を言う。本当にありがとう」

15歳

そうして魔核や素材を売ったお金をギルドで受け取る。

「人件費の分は既に引いてあります」

明細を受け取って問題がないことを確認する。

ギルドを出てアリスさんのいる治療院を訪れた。

治療分のお金を全額払う。

「このお金はなにか良からぬことを……まさか、彼女にひどいこととか……」

「いやいやいや」

「すまない、冗談だ」

アリスさんの冗談はちょっとだけ分かりにくい。

短期間で全額を払いに来たことに驚かれたけど話をしたら納得してもらえた。

アリスさんと話せてよかった。

俺の治療をした時に仲良くなったミアとアリスさんは女同士の話で盛り上がっていた。

少し寂しい気はするけど二人が楽しそうだったのでよしとしよう。

「それじゃあさっそく……」

街を出てさっそく布袋の中にある硬貨の中に手を突っ込んだ。

スキルで吸収すると手の中の硬貨がフッと消えてなくなった。

万能通貨を使用して所持金を確認する。

所持金　『623280G』

62万か……借金返済の目途が立ってきたな。

街で色々あったせいで帰りが遅くなってしまった。

外はすっかり暗くなっている。

今日一日の結果に満足しながら家の扉を開けて中に入った。

「ご主人様のお力はお金があればあるほど何でもできるようになるんですよね？」

「そうだ。だから魔物が多く出るというラムールに行くのも悪くないかもな」

椅子に座って一息つく。

すると、ミアが提案してきた。

「私が働くというのはどうでしょう？」

「働く？　どこで？」

ミアの言葉がいまいち飲み込めずに聞きなおす。

「まだ決まっていませんが、どこか雇ってもらえる場所があればと思ったのですが」

確かに今の俺たちは安定した収入がない状態だ。

借金がある身としてはまずいと思う。

以前は小汚いということで雇ってもらえなかったけど、今日は服も何着か購入した。

小汚い子供から普通の子供にランクアップというわけだ。

もう一度探してみたら案外簡単に雇ってくれるところがあるかもしれない。

「でも俺たちまだ成人してないしな、子供でも雇ってくれるところはあると思うけど……」

多少は限られてくるだろう。

労働力として考えるなら働き盛りの大人が良いってのは分かるけどな。

「でしたら私が明日成人するので、雇って頂ける場所を探すというのはどうでしょう？」

なるほど、と頷いた。

頷いたけど、凄い違和感に俺はミアを見た。

「ミア……明日成人するって聞こえたけど」

ミアを見ると「そうですけど？」みたいな顔をしていた。

明日が誕生日だったのか……そういえばもう少しで15歳だって言ってたな。

思ったよりも早かった……俺も聞くべきだったのかもしれないけど、できれば教えてほしかった。

俺が微妙な顔をしていると、怒っていると勘違いしたのか慌てて頭を下げてきた。

「あっ、も、申し訳ありませんっ！　もっと早くにお伝えするべきでしたっ！」

早く伝えてほしかったというのは合ってる。

でもそれ以外は何となく勘違いしてる気がした。

「……なんで伝えるべきだったか分かるか？」

「え、それは……ご主人様の行動選択の幅が広がるからでは……？」

やはり違っていた。

「ミア、明日はお休みだ、魔核集めも、魔物狩りもなにもしないぞ」

「……え？　なぜですか？」

「ミアの誕生日を祝うからだ」

収入もあったしな。

かなり余裕もできたし、ミアにはお世話になっているのだからこのくらいは当然だ。

「そんなっ、駄目ですッ！　いえ……嬉しいことは嬉しいのですが……」

ミアが遠慮してくるのは予想通り。

しかし、さすがに成人する15歳の誕生日に何もしないわけにはいかない。

「じゃあせめてして欲しいこととか食べたいものを教えてくれ、そんなにお金はかけないからさ、それならいいだろ？」

「ご主人様がお傍にいてくださるならこれに勝る幸せはございませんっ！」

意外と頑《かたく》なだなミア。

ミアにもっと娯楽とかを教えた方がいいのだろうか？

同年代の友達の一人でもいたら違うと思う。

それとも借金のことで気を使ってくれているのだろうか。

「でも働くことになったら一日のほとんどを離れて過ごすことになるけど」

あ……と、今更気付いたようにミアが悲しそうな声を漏らした。

働く時間にもよるけど何時間単位でその場所に拘束されるのは確定だろう。

俺がずっと一緒にいるわけにもいかないので、必然的に一緒にいることのできる時間は減る。

「ぁ……だ、大丈夫です……ご主人様のお役に立てるなら、が、頑張ります……っ！」

凄いテンション下がってた。

無理矢理元気を出そうとしてるみたいだけど、そこまで考えてなかったのか。

ついでに言うなら俺がヒモになるみたいで嫌だった。

あとミアが変な客に絡まれたりしないかとか。

ミアは抜けてるところがあるから、考えれば考えるほど嫌な予感が浮かぶ。

「……冒険者になるか？」

ふと思いついたことを提案してみる。

子供の頃からの夢だった冒険者を。

「冒険者、ですか？」

ミアが成人するなら可能だと思う。

「安定してる収入ってわけじゃないけどな、でも冒険者なら俺も手伝えるしさ」

危険もあるし、強い魔物も出てくるけど、その分当たればデカい。

そして、それは俺のスキルを利用したら決して夢物語じゃない。

まあでもそれはそれとして――

「ほんとに祝わなくていいのか？」

「は、はい……ご主人様のお傍にいられるだけで十分すぎますっ！　これ以上なんて頂けません……」

ふむ……じゃああとで何か考えればいいだろう。サプライズにしたっていいし。

この日はお互いの意見を言い合ってラムールの街に行くかどうか話し合うのだった。


…………………………

ベッドの上に腰かけて万能通貨で購入できるものを確認する。

大金が入ったこともあり、スキルを手に入れることを検討してみた。

だけど何でも買えるとなると目移りするな……

何でもかんでも買って従者に買い物袋を持たせている貴族の気持ちが今ならちょっとだけ分かる気がした。

流石にそんな贅沢はできないけれど、少し浮かれてしまうのは仕方がないだろう。

そうしているといつの間にか夜も更けてきた。

集中しすぎたかな。

ミアは既に布団の中に入ってうとうとしている。

俺もミアと一緒に横になる。

時間が遅いこともあって眠気はすぐにやってきた。

横になりながらミアとの会話を思い出す。

――ご主人様がお傍にいてくださるならこれに勝る幸せはございませんっ!

天使に見えてきた。

ミアはほんとに物欲ないよな。

楽と言えば楽だけど少し心配だ。

「ミア」

ああ、でも――と。

俺はミアに声をかける。

日付もそろそろ変わった頃だと思う。

何も欲しくないなら無理にとは言わない。

でも、これだけは言わせてもらおう。

「誕生日、おめでとう」

ミアに布団をかけなおす。

その安らかな寝顔に癒されながら俺もゆっくりと意識を落としていった。

◇　◇　◇

翌日俺とミアは街でラムールについての詳しい情報を集めていた。

正確な場所を地図で調べ、狂化を抑えることができる魔石はあるのかどうか。

これに関してはもしあれば万能通貨の値段と相談になるだろう。

他にもそこに行くために必要になる経費なんかも計算する。

ラムールは冒険者が多く集まる街のようで王都が比較的近くにあるということもあり、賑わいを見せているらしい。

周囲も草原の多いギムルと違い山や森などの自然が豊富だとか。

しかし、その分魔物もギムルの街に比べて多いらしい。

これがラムールに行こうと思った一番の理由だったりする。

やはり魔核はいい値段になるからな。

今俺たちのいるギムルは比較的平和な街だから魔物が少ないのだ。

ミアの狂化のこともあるけどそれは最悪俺のスキルでなんとかなるしな。

ガルムさんに借金の相談をしたところ、違う街に移住しようとも、約束の期日までに払ってくれるなら何でもいいらしい。

ただこちらの居場所を把握するのは大変なのでもし住居を移す場合なんかは一報してくれるとありがたいとも言っていた。

交通手段に関しては、２週間ほど後に丁度ラムールに行く商人がいるということで馬車に同行させてもらえることになった。

護衛するなら無料で連れて行ってくれるらしい。

俺たちみたいな子供に護衛を任せることに不安はないのだろうか？

そう聞いたら俺たちが冒険者ギルドで噂になってるからある程度強いということは知っていると言っていた。

それに他にも何人か雇っているから問題ないらしい。

俺たちはあくまでついでの保険みたいなものだとか。

そうしてラムールに行く準備も整ってきたところで時間を確認する。

もうすぐで昼食時だ。

「ミア、ちょっと昼食の前に行きたいところがあるんだけどいいか？」

「勿論です、どこへ行かれるのですか？」

俺は少し悩んだ。

ミアに伝えるべきかどうか……だけど、結局ミアも連れて行くことになるなら遅かれ早かれ言わなくてはならないだろう。俺はその場所の名前を口にした。

「奴隷商だ」

ミアの顔からサッと血の気が引いた。

じわりと目に涙が滲む……嫌な思いをした場所だし抵抗はあるんだろうな。

けどそれとは別にこのネガティブっ娘は何か勘違いしてる気がした。

「なっ、ど、どどういう……なぜ奴隷商になんてっ!?」

奴隷商は良い言い方をすれば、ミアと初めて出会った場所。

悪い言い方をすれば……死に体のミアを買った場所だ。

「ミア、大丈夫だから落ち着いて」

「で、ですが……っ、あ、いえ……申し訳ありません……ですが本当にどうして奴隷商になど……」

ミアは俯いて、わなわなと震えながら声を絞り出す。

やっぱりトラウマ抉りまくりの場所だよな。

勘違いさせたいわけじゃなかったので、素直に言ってしまおう。

「たぶんだけど、ミアが考えてるようなのとは、まったく違うからな？」

「えぇと……私がいらなくなったとか……」

相変わらず自分の価値を低く見積もっている。

こんなに可愛くて、よく尽くしてくれる子なんてそうそういないのに。

「ないない」

そう言うとミアは安心したのか、真っ青だった顔に血の気が戻る。

「あ、ありがとうございます」

安堵に涙をこすって、満面の笑みをこちらに向けた。

あまりにも必死なミアに苦笑してしまう。

誤解させるつもりはなかったけど、申し訳ないことをしたな。

ミアは何で奴隷商に行くんだろうかと、不安でそわそわしていた。


道中ミアに尋ねる。

「なぁミア、今日がなんの日か分かるか？」

「いえ、申し訳ありません……」

そう言ってミアはしゅんとする。耳がぺたんと萎れた。

ここまで言えばさすがに何かしら勘付くかと思ったけど。

ミアはおどおどしながら、疑問符を浮かべていた。

「昨日自分で言ってただろう、今日はミアの誕生日だよ」

説明できないのは心苦しいが、ミアのためにサプライズはとっておこう。

すがる目つきで俺を見つめるミアを横目に、奴隷商の入り口を潜る。

「これはこれは、ベルハルト様。本日はどのようなご用件で？」

入った瞬間にこの間とは別の人から声をかけられる。

初対面……だよな？

何で名前知られてるんだろう。

不思議に思っていると奴隷商人らしき男は補足してくれた。

「私共が見限った奴隷の状態をそこまで回復させた御方ですからね、どうやってそこまでの状態に？」

どう説明したものかと、咄嗟に嘘を考える。

「えーと、食べては寝させてを繰り返しました。ミアはかなり食べますからね……食べさせたらすぐに治りましたよ」

「なるほど……細い見た目に反して大食いだったのですね……」

適当な言葉で誤魔化しておく。

奴隷商の男はすんなり信じた。

もしかしたら何か隠してるとは思ってるのかもしれないけど。

「……………」

うん、まあ……ミアはすごく不満そうだったけど。

女の子としては大食いと言われて思うところがあるのかもしれない。

「それにしてもそこまでの上物だったとは……どうでしょう、金貨を何枚か出すので譲ってもらえたりは」

びくりとミアが怯える。

ミアを安心させるように俺は即答で断った。

そして、それよりもと用件を伝えた。

「今日はミアの首輪を新調しにきました。確かできましたよね？」

「もちろんです。様々な事情のお客様がいらっしゃいますから、首輪自体のデザインから装飾まで注文に合わせてお作りします。

ベルハルト様はどのようなデザインをご所望でしょうか」

「……え？」

予想外のことで、ミアは驚きの声を上げる。

少しでも喜んでくれると嬉しいんだけれど。

「せっかくだから誕生日祝いに奴隷の首輪を新調したいんだよ。ミアは祝わなくてもいいって言ってたけど受け取ってくれないか？」

奴隷と主人の関係じゃなく、自分はミアと家族でありたい。

それが本心なんだけど、ミアはあくまで俺の奴隷でいたいと言う。

多分、それがミアが安心する立ち位置だからだろう。

主従関係、これがはっきりしているからミアは安心するんだ。

「ミアが奴隷でいたいならそれでも構わない。だけど俺にとってミアは家族みたいなものだから……受け入れてほしい」

孤独な俺が気まぐれに買った奴隷のミア。

少なくとも、自分にとってミアは大事な家族だ。

ミアが奴隷でありつづけたいのであればそれでいいけれど、いつか本当の家族になれるといいなと……そう思う。

「……ありがとうございます。本当に……嬉しいです……」

ミアは魔石の装飾が施された首輪を指先で触り、嬉しそうに笑った。

ラムールへ

「こんなところかな」

家の中で荷物を整える。

2週間後にラムールに行くためだ。

日持ちのする保存食や武器や解体ナイフ。

そのほかにも最低限のものだけをカバンに詰めていく。

「ほかに必要な物ってないかな?」

ミアからの返事はなかった。

鏡越しに魔石の首輪をずっと見て、たまににへらっと表情を緩める。

精神安定の魔石を首輪に加工してもらってからずっとあんな調子である。

喜んでくれるのは嬉しいけど何も言わずに鏡を見て笑みを浮かべるミアはちょっと怖い。

でも水を差すこともないだろうと思い、落ち着くまであのままにしておく。

ああなるとしばらくは戻ってこないのでこっちはこっちで進めておこう。

「……ん?」

なんだこれ？

机の引き出しの奥から出てきたのは赤い魔核らしきものだった。

手に取って薄らと付着した埃《ほこり》を拭う。

なんの魔核だろう。

うちの親は冒険者だったし何かの魔物を倒した際に手に入れたものだろうか？

ここまで大きい魔核なら、もしもの時に相当いい値段で売れるだろう。

一応持って行くか……と、カバンの奥へ押し込んだ。

それからの時間は何事もなく過ぎていった。

スキルをいくつか購入して、試しに使ってみたりもした。

戦力的な面を安定させながら、スライムだったりゴブリンだったり、弱い魔物を相手にする。


そうして2週間後。

ラムールに行く商人とは街の入り口で待ち合わせの約束をした。

だけど早く来すぎてしまったのかまだ誰もいない。

「誰もいませんね」

「そうだな、悪かったよ。この分なら寝坊助のミアにもっと寝てもらってもよかったな」

「あう……ご主人様が意地悪です……」

ミアは何気に朝に弱い。

今朝も起こそうとしたら服を握られて攻防を繰り広げた。

起こしてもなかなか起きないし……朝から疲れた。

「お？　もしかしてあの人たちかな？」

こちらに近付いてくる人影を発見した。

数台の馬車がこちらに向かってきていた。

そして、馬車の中から一人の男が出てくる。

「おはようございます、ベルハルトさん、ミアさん」

「はい、おはようございます。今日からよろしくお願いします」

俺に続いてミアも頭を下げる。

俺たちとラムールの街に一緒に行くことになった商人のデーネルさんだ。

商人らしい小綺麗な格好をしている。

「もう揃ってるんですか？」

「はい、もうほかの皆さんは揃っていますよ。自己紹介は移動しながら済ませておいてください」

「分かりました」

馬車に乗り込むと3人の若い女冒険者たちがいた。

一応ほかにも席の空きはあるらしいけどいざという時に連携がとれないと困るから多少狭くなってでも一緒に乗ってほしいらしい。

「初めまして、ベルハルトです。こっちはミア」

ミアがぺこりと頭を下げる。

それに続いて向こうも名乗る。

「私はリンゼよ、よろしくね」

「私はルーシャです」

「サリアです、これからしばらくよろしくお願いします」

ちなみに席順はリンゼさんが一番左、真ん中にルーシャさん、一番右にサリアさんという並びだ。

俺たちはそれに向かい合うように座る。

見た感じ20歳手前くらいの冒険者パーティって感じだな。

リンゼさんが戦士みたいな格好で赤っぽい髪色。

ルーシャさんとサリアさんが魔法使いかな？　ゆったりしたローブを着ている。

しかしなんというか……サリアさんは胸部がとても大きかった。

そこについ目が行ってしまったのは男として仕方のないことだろう。

「………」

ミアが何も言わずにサリアさんの胸と比べて落ち込んでいた。

切ない……でもミアはまだ成長期ってやつだと思うからこれからだ……たぶん。

「……ご主人様」

「ん？」

ミアが何か覚悟を決めたような声を出してこちらを見てくる。

ほんのりと顔が赤い。

「あの、お、男の人はやっぱり大きい方が好きなんでしょうか……？」

「……」

人前でなんてこと聞くんだ。

初対面の３人をちらりと見る。

リンゼさんたちはこういう話題も平気みたいだ。

年上の余裕を感じるけど俺は少し恥ずかしい。

「ミア、人前では恥ずかしいんだが……」

「そ、そうですねっ、すみません……まだちょっと寝ぼけてるみたいです……」

ミアは恥ずかしそうに俯いた。

さりげなくフォローを入れておく。

「……まあ、今日は早かったからな」

俺もまだ眠いくらいだ。

朝の弱いミアにはもっときついだろう。

「これだけ早朝に起きるのは大変ですよね」

「主にミアがな」

ルーシャさんが「ぷっ」と、笑うのが見えた。

ミアは出会ったばかりの人たちの前で話すことに慣れていないんだろう。

また恥ずかしそうに赤くなってしまった。

「仲がいいんですね」

「ミアは妹みたいなものですからね」

「へー、ベルハルトさんたちはなんでラムールに？」

「ベルでいいですよ」

リンゼさんたちは見た目通り良い人たちみたいで、馬車の中の時間は和やかな空気のまま過ぎていくのだった。


「そうなのよ！　トロルキングの大軍勢を退けたところは鳥肌が立ったわね！」

「そこもいいんですが、クラリスが仲間のために王様に剣を向けたところも格好良いですよね」

リンゼさんとは意外にも趣味が合った。歳が近いからかな。

冒険者になったのも今、話しているみたいな冒険譚に憧れてのことらしい。

ルーシャさんとサリアさんはまた始まった……みたいな顔をしていた。

「ベルは冒険者にはならないの？」

いつの間にか呼び方の距離も縮まっていた。

ミア以外の人とこんな風に話すのは随分と久しぶりだな。

何となく嬉しくて、自然と頬が緩むのを感じる。

「まだ14ですからね、なるとしてももう少し先だと思います」

借金のこともあるしな。

借金が多いと冒険者にはなれない。債務を抱えたまま死なれると困るからだ。

まあ今のペースで考えたら、借金のことはなんとかなるだろうとは思う。

お金を返し終わったら……どうするんだろうな。

「え、ベル君って14なの？」

「ちょっと意外ですね」

そこでルーシャさんとサリアさんが入ってきた。

興味津々といった感じで、俺のことをまじまじと見てくる。

意外って……どういうことだろうか？

「だって、大人びて見えたから……背も高いし」

「格好良いですよね」

ミアが耳をピコピコしながら、隣でしきりにうんうんと頷いていた。

ノリがいいなミア。出会った頃と違って、元気になってくれて嬉しい限りだ。

「そうですかね？」

そんなことは初めて言われた気がする。

けど、言われてみれば背に関しては高い方かもしれない。

なんか、褒められるのってちょっと心地いいかも。

「そうですよ、それに冒険者の街とも言われてるラムールに行くなら、てっきりそこで登録したいのかなって」

「あー……確かラムールでの登録は縁起がいいって言われてるんでしたっけ」

ラムールは人の出入りが盛んだ。大きな交易路の一つと言っても差し支えない。

魔物が多いから必然的に冒険者が集まるようになって、冒険者相手に商売をするために商人たちが集まっていったと言われている。

そんな街なのでもっと人を集めようと誰かが広めたのか、ラムールでの冒険者登録は縁起がいいとされている。

実際、Sランク冒険者の何人かはその街で登録をしているらしいので、まったく効果がないとも言いきれないかも。

そういう俺たちもギムルでミアの登録をしなかったのはそのためだ。験担《げんかつ》ぎってやつだ。

「ベルたちは――」

俺はそう喋ろうとしたリンゼさんを止めた。

3人は頭に疑問符を浮かべながら、突然黙った俺を不思議そうに見てくる。

唯一ミアだけは何かを察したようだった。毛を逆立てている。

がたんっ
唐突に馬車が止まる。御者が真っ青な顔で震えていた。

いきなりのことだったので、前の3人はバランスを崩して前のめりになっている。

スキルで培った探知で気配を探って、できる限りの現状を伝えた。

「たぶん盗賊だと思います！　数は……９人」

「――っ！」

途端に馬車の中が緊迫する。

信憑性を持たせるためにもスキルのことを話すべきだろうか。

しかし、それよりも先に外から怒鳴り声のようなものが聞こえてきた。

俺たちは急いで馬車から出ると、そこには武器を持ったいかにも盗賊といった風貌の男たちがこちらを取り囲んでいた。

小汚いなりでにやにやとこちらを見定めているようだ。

「ベルたちはデーネルさんを守って！　私たちはこいつらを相手にするわ！」

リンゼさんが指示を出す。ハンドサインを駆使した的確な戦闘配置。

ここらへんの判断の速さはさすが冒険者だ。

「フレイムボール！」

後衛に回ったルーシャさんが、先手必勝とばかりに魔法を唱えた。

初めて見た無詠唱の魔法だ。

だけど、知識で知っていたものよりも大きい火球が現れる。

無詠唱は火力が大きく下がると聞くけど、術者の力量か、人を殺《あや》めるには十分な威力を持っているように見える。

メラメラと焔《ほのお》を揺らす火球は、まっすぐに盗賊たちの方へ向かっていった。

火力はあるが、速度はそこまでない。盗賊が舌打ちをしてそれを躱す。

「ぐおっ!?」

しかし、完全には避けきれなかった上に、体勢を崩したことで陣形が崩れる。

どうやら、盗賊はこれまでに弱い人しか相手にしていなかったのか、完全に不意を打たれていた。

しめたとばかりに、そこへリンゼさんが斬り込んでいく。

剣を掲げ、勇猛果敢に盗賊たちを混乱の渦に陥れていった。

「あ、ありがとうございますっ」

「後で聞きます！　油断しないで！」

デーネルさんの言葉を聞き流して、盗賊と戦うリンゼさんたちに目を向ける。

リンゼさんの動きは滑らかで盗賊たちの攻撃を苦もなくいなしていく。

相手の体勢を戻せないように立ち振る舞い、徐々に戦力を削っていく。

リンゼさんが前衛として後ろに敵が行かないように立ち回り、ルーシャさんが容赦なく後ろから魔法を放つ。

そして、サリアさんが回復魔法でリンゼさんを癒している。小さなダメージしか負ってないので、ほぼ万全の状態で戦えているようだ。

戦い方はバランスが取れていて崩れそうになかった。実を取るよりも命を守ることに徹した、実に合理的な戦い方。

だけど、流石に敵の数が多いからなかなか攻勢に回ることはできない。消耗戦ではこちらが不利かもしれない。

「お、お頭！　こいつら結構強いですぜっ！」

すると、俺たちの前にお頭と呼ばれたはげ頭の大男が出てきた。

２ｍ近くある体軀はそれだけで威圧感がある。まさに、物語に出てくる蛮族の長そのものだ。

背中に背負《しょ》った身の丈ほどもある大剣を手にとる。そして、ゆうゆうとそれを構えてみせた。

「お前らは後ろのやつらを狙え、こいつは俺がやる」

盗賊たちがリンゼさんを避けて回り込むように展開し出した。

散らばったことで後ろを守ることが難しくなってしまう。

「っ！　そう簡単に通すわけ――――ぐっ!?」

リンゼさんは盗賊たちを通すまいと動こうとするが、頭上から振り下ろされた大剣を防ぐのに手一杯になってしまう。

完璧に相手のリーダーにイニシアティブを取られてしまったようだ。

大男の動きは見た目とは裏腹に素早かった。

さらに巨大な大剣の重量のせいで、攻撃を受け流すことができない。

男女の筋力差の問題もある。徐々にリンゼさんの体力を削っていく。

「ぬぅ!!」

「うわっ!?」

大男の大きく振りかぶった一撃で、リンゼさんは後方に吹き飛ばされてしまう。

強い衝撃で体が痺れ、明らかに動きのキレがなくなっている。

「このアルゴラ様をてめーらみたいなガキ共がどうにかできるわけねーだろうがよ！」

「くっ」

リンゼさんを見る限りかなり危うい。大男の攻撃を受けるたびに、増える傷の治癒も後ろの盗賊たちの妨害でうまく回らない。

リンゼさんが弱いというより、盗賊の頭領が一枚上手だ。

重い剣戟の音が空間を震わせる。リンゼさんの剣が弱々しく悲鳴をあげる。

リンゼさんには余裕がない……このままだと遠くないうちにやられてしまう――っ！

「ひひひ、お前らの相手はこっちだぜぇ？」

「女どもは殺すなよ」

「ぎゃははっ、分かってるよ！」

盗賊たちは下卑た笑みを浮かべて、必死に戦っているリンゼさんにルーシャさんにサリアさん……そしてミアの体を舐め回すように見ていた。

まだ終わっていないのに戦利品に舌なめずりをする、その浅ましさ、余裕。

仲間がそんな目で見られたことに強い苛立ちを感じた。

俺は気付かれない程度に重心を落とし、自身の殺意を明確にする。

「おいっ、どうでもいいがさっさと終わら　せ　る　ぉ」

集中力の隙間に入り込むように、地を蹴り出し、剣を一閃。相手の首へとすり抜けさせる。

ドサッと音を立てて、首のない男が崩れ落ちる。ごろりと転がる頭が呆けた表情を浮かべたままだった。

あまりにもあっさりと死んだ盗賊に周りがどよめく。

ミアを除いて、何が起きたのかまったく理解できていないようだった。

俺は崩れ落ちた盗賊の後ろで剣を軽く振るって血を払う。

「――は？」

そう言って目を見開いた男も、次の瞬間には首と胴体が分かれた。

疾風のように駆け巡り、宙に剣先で線を描き殴る。

相手の距離を詰めて、相手の無意識を突くように斬る、斬る、斬る！

一足跳びに距離を詰め、その勢いで叩き斬っていく。

人の首って意外と簡単に切断できるんだな……と思ったけどこれがスキルの恩恵か。

普通じゃここまで精確に切れないけど、スキル補正のおかげだな。

今考えることでもないかと、視線を盗賊に向ける――

唖然とする男たちの間を縫うように、次々に首を落としていく。

「く、来るなごあぇ!?」

剣が機能しづらいインファイト。その場で剣を落とすと、相手はにやりと笑う。

しかし、その油断が命取りだ。

相手が喜ぶのもつかの間、懐に入って掌底で顎を砕いた。

骨の砕けるような感覚。肉が潰れるような気持ちの悪い感触が伝わってくる。

「ミアに色目を使ったのはお前だな……」

粉々になった顎を押さえて痛みにのたうつ男。

かなり痛いだろうけど、ミアに下卑た目を向けたんだ、当然の報いだ。

そもそもこちらを殺しに来た以上、こちらもそれ相応に対処しただけだ。

ひいひいと泣きながら苦しんでいる男の首を裂いて絶命させる。

そうして盗賊たちを次々に殺していく。格下相手の戦いは、赤子の手をひねるようなもの。

けれど……人を殺したのは初めてだった。

罪悪感と生理的な忌避感で手がぶるぶると震えているのが分かる。

けど、……自分を無理矢理納得させる。

こいつらは盗賊だ。人を殺して尊厳を踏みにじることに快楽を覚える外道だ。

魔物よりも質《たち》が悪い。魔物は生きるために人を殺し、外道は欲望を満たすために殺す。

なら、こいつらは魔物以下の畜生だ。

魔物以下のもっとおぞましい魔物。

それならば殺すことに何を躊躇する必要があるだろうか。

「………」

言葉を失っている大男が後退りをする。逃げる算段でもつけているのだろうか。

アルゴラ、だっけ？　話す必要もないので気にせず近寄る。

「リンゼさん、任せてもらえますか？」

「あ、あぁ」

傷だらけになっているリンゼさんには下がってもらう。

すると我に返ったように大男が焦った声を出した。

「ま、待て！　言っとくが俺はそこらに転がってる雑魚共とは違うぜっ？」

「もしかして強いスキル持ってる？」

「当たり前だ！　おい、今謝るなら見逃してやってもいいぞ？」

無視してゆっくりと近付く。大男は強気な発言とは裏腹に、明らかにこちらよりも弱い。

気付いていないだろうけど腰が引けていた。

勝つことは難しいと分かっているのだろう。

こちらが剣を構える。ぎゅっと柄を握り、大男を睨んだ。

男も舌打ちと共に大剣を構えた。

相手の出方を窺っていると、大男は大剣を腰だめにして突っ込んできた。

「っ!?」

大きく避けてしまえば奴に体勢を整える時間を与えてしまう。

そう思った俺は男の突きを受け流してそのまま攻撃しようとした。

けど大剣が俺の剣に当たった瞬間、伝わってきたのは想像よりずっと大きな衝撃。

「――――ッ」

反撃に移ることができず、横に飛び退かざるを得なかった。

しかし、この攻撃で吹き飛ばせると思っていたのか、男は予想外の出来事に一瞬固まる。

けどこっちも腕が痺れてコンマ1秒動きが遅れた。

もしかしてリンゼさんが受けた攻撃はこれが原因か。

即座に反撃に移れず、相手が勢いづいた。

「どうしたクソガキぃっ!!」

想像よりも重い剣撃や体格に見合わない素早い動き。

何より剣で切り結んだ時の痺れは……

「衝撃波?」

レアスキルの「衝撃波」。

確か手脚と手に持っているものから衝撃を発するスキルだったと思う。

滑らかな動きを見る限り相当使い慣れているようだ。

持っている人に遭うのは初めてだから断言はできないけど、一瞬強張ったのを見るに当たりだったのだろう。

「はっ、だからどうしたっ！　分かったからって防げねえだろうがっ！」

「じゃあ防がないよ」

見切りスキルを発動。

衝撃波のスキルは手に持ったものから衝撃を発することができる。

だけど、それはその分得物の消耗が激しくなるってことだ。

大男の剣戟を避けると同時に、剣のど真ん中に向かって、怪力スキルで力任せに叩き込んだ。

ばぎんっ!!

「な――――っ!?」

男が驚愕に目を見開き、動きを止める。

子供相手に武器を折られるとは思ってなかったのだろう。

だけどこっちも腕が痺れて上手く動かない。

そこからの判断は早かった。

盗賊ならではの危機察知能力だろう。

足で地面を蹴り上げ、こっちに土塊《つちくれ》を飛ばしそのまま脱兎のごとく逃げ出した。

「覚えてやがれ！　次に会った時は後悔させてやる！」

そうか。次なんてないけどな。

逃げ足だけは褒めてやるが、相手が悪かったな。

距離は15～20ｍくらい、風は左から右に微風、影響はない。

俺は傍に落ちていた比較的大きめの石を握って、振りかぶる。

腕を振り伸ばし、力いっぱいぶん投げた。

吸い込まれるように石が盗賊へと向かっていく。

俺の持ってる投擲スキルの補正だ、逃げられまい。

いっ!!

石は鈍い音を立てながら見事に盗賊の後頭部にヒットした。
地面に倒れ伏して小さく痙攣している。
あれならしばらくは起き上がれないだろう。
後ろを振り返ると、リンゼさんたちは唖然としたようにこちらを見ていた。

「大丈夫ですか?」

頑張って俺たちのために戦ってくれたリンゼさんたちが心配だった。
皆のもとに駆け寄り、手持ちの回復アイテムを出すためにポケットを弄《まさぐ》りながら俺はこの2週間のことに思いを馳せていた。

死にかけた時に考えたことがある。
メタルクロウ並みの魔物が出てきた時に、ミアの狂化がなかったら勝てなかった。
そんな事態にはしちゃだめだ。狂化はミアを苦しめるから。
だから、格上相手にも勝てるようスキルを計画的に取得したのだ。
せめてメタルクロウと互角に戦える程度にはと。
それにしても……随分と強くなってしまった。
うぬぼれなだけかもしれないけど。
調子に乗って買いすぎたかもしれない。

あまりにもスキルを手に入れすぎて、人間やめてる気分になってきたよ。

どこか他人事のようにそう思う。自分で選んだことなのに。

ベルハルト	
所持金	『513530G』
スキル	剣術（1）
	鑑定（1）
	身体能力強化（5）
	投擲（4）
	威圧（2）
偽装中	万能通貨
	地図（1）
	探知（3）
	偽装（4）
	怪力（4）
	体術（4）
	危機感知（3）
	回避（1）
	見切り（1）

俺は息絶えた盗賊たちの死体を振り返りながら、この先に待ち受けているであろう数多の困難を想像して小さくため息をついた。

これからもきっと色々な事があるだろう……期待もあるけど、不安も大きい。

ミアを見ると彼女は俺の方に走ってくるところだった。

腕を広げてミアを受け止める。

もう大丈夫だと笑いかけると彼女もそれにこたえるように笑いかけてくれる。

その笑顔に勇気をもらいながら、俺を慕ってくれる彼女がいればきっとこの先も大丈夫だろうと、そう思った。

借金の返済だろうと何だろうと乗り越えてみせる。

胸の内で決意を新たにする。

そうして俺たちを乗せる馬車は改めてラムールへと向かう準備を始めるのだった。

巻末SS1　ダイエット

「ご主人様、今日は半分くらいで大丈夫です」

それはある日の朝食時のこと。

ミアが突然そんなことを言い出した。

半分でいいいってのは食事量のことだろう。

「どうした？　体調でも悪いのか？」

まず最初に心配したのは体の不調だ。

昨日の時点では何ともなかったがどこか調子でも悪いのだろうか？

「いえ、実は私小食なんですよ」

「いきなりだな」

ミアと一緒に暮らし始めてもう半月近く経つ。

だけどその情報は初耳だった。

「い、いきなりではありません！　実は今までちょっと無理しててました」

そうなのか？　まさかミアに知らずに無理をさせていたとは……と思い昨日のことを思い出す。

「でも、昨日おかわりしてなかったか？」

「あ、あれは……あれは、えーと……と、とにかく私は小食なんです！」

なんだその雑な誤魔化しは。

何をそんなに必死になって……って、もしかして。

ダイエットか？

まあ確かにミアも女の子だもんな。

そういうことを気にすることもあるんだろう。

だけど俺から見てミアは細身だ。

肉付きは丁度良く無駄な肉もない健康体に見える。

ダイエットが必要には見えないが……

「じゃあ今日は少なめにしとくか？」

ミアが頷く。

やたらと気合が入ってるように見える。

何があったのかは分からないけど、ミアがそうしたいというのなら俺は応援したいと思う。

「このくらいにしとくか？」

スープを少なめに器に入れてミアに見せる。

パンも少し小さく切り分けた。

「いえ、もっと少なめで」

「……このくらいか？」

「もう少し減らしましょう」

……これ以上減らすのはさすがにきついと思うが。

「ミア、これほとんど絶食に近いと思うけど、無理なダイエットは体に悪いぞ？」

「ダイエットではありません、私は元々そのくらい食が細いんです」

うーん、そうなのか？

俺としてはミアには多少太ってても沢山食べてもらいたい。

というのも初めて俺の奴隷になった日のことを思い出すからだ。

ガリガリに痩せ細ったミアはもう見たくない。

「……無理はするなよ」

しかし、理由も分からないのに無理強いするわけにもいかない。

いざとなったらやめさせよう。

俺はそう思ってミアのダイエットを見守ることにした。

◇　◇　◇

時間は夕食後。

就寝前だ。

ミアが腕に爪を立てて必死に空腹を耐えている。

「あーミア？　大丈夫か？」

というのも既にミアのダイエットは５日目に突入している。

食事量は常にいつもの半分以下。

間食もせずに一日中空腹状態。

それを続けたせいでどこかミアの顔色が悪い。

そして、先ほどの言葉も聞こえていない。

「ミア」

「っ、は、はい？　なんでしょう？」

もう一度名前を呼ぶとようやく聞こえたらしい。

慌ててこちらを見て返事を返す。

「もうダイエットなんてやめたほうがいいんじゃないか？」

これ以上は見てられない。そもそもミアにダイエットが必要だとは思えない。

そう思ったのだが……

「いえ、大丈夫ですよご主人様、私は小食なので今で丁度いい……いや、むしろ多いくらいですね」

きゅううつ

可愛らしくお腹が鳴った。

どこから聞こえてきた音かなんて分かりきったことだった。

「ッ……！」

ミアは恥ずかしそうに顔を染めて俯いてしまった。

気持ちは分かる。

お腹が鳴るのってなんか恥ずかしいよね。

「ミア……ほんとに我慢しなくてもいいんだぞ？」

「い、いえっ、本当に私はだいじょ」

きゅぅ――――どごっ!!

一瞬だったけど今ミアがお腹を殴ったように見えた。

セルフボディブローによる痛みに耐えている。

そして、笑顔のままお腹を押さえて「ね？」と、微笑んできた。

なにが？　と言いたい。

はっきり言って怖い。

鬼気迫る何かを感じる。

そこで俺は思いつく。

(アリスさんに相談してみるか……)

ミアのダイエットは明らかに体に悪い。

やめさせたいけど無理に言うことを聞かせるのも抵抗がある。

それならアリスさんに何かしら医学的な見解を言ってもらえたらと思ったのだ。

同性だというのも大きいだろう。

ミアが何でダイエットをし始めたのか。

男には分からない理由があるのかもしれないし、ミアと仲の良いアリスさんならもしかしたら……

◇◇◇

翌日。

そうしてやってきたのはアリスさんの治療院。

休憩になるまで待ってほしいとのことらしい。

それは勿論構わない。

むしろ仕事の時間外にアリスさんの手間をとらせることを申し訳ないと思ってしまう。

ならばとせめてもの手伝いに外の落ち葉を掃きながらアリスさんの仕事が一段落するのを待った。

「すまない、待たせたね」

アリスさんが扉から顔を出した。

箒を置いてわざわざ時間を取ってくれたことにお礼を言う。

「気にすることはないよ、それよりありがとう、丁度落ち葉を掃除してしまいたかったんだよ」

「いえ、このくらいどうってことないですよ、それよりミアのことなんですが」

「まあ待ってくれ、中でお茶でも出すよ、そこでゆっくり話してくれればいい」

俺はお言葉に甘えて中に御邪魔させてもらった。

白い石造りの清潔な建物。

外は落ち葉が溜まっていたけど、治療院というだけあって中の清掃はきちんとやっているらしい。

それにこれは薬品の匂いだろうか？

薬草っぽい香りが気持ちを落ち着かせる。

「こっちだよ」

そうして、廊下を進み奥の一室。

どうやらここが来客を招く部屋らしい。

机を挟む形で高級そうなソファーが置いてある。

アリスさんは二人分のお茶を淹れて机に置いた。

丁度動いたばかりだったので喉も渇いていたこともあり、とても美味しく感じられる。

一息ついて少しだけ世間話をしたところでさっそく本題を切り出した。

「実は、ミアがダイエットをしていまして」

そして要点をまとめて話した。

ミアが食事制限をしている。

最初は女の子だから男には分からない悩みでもあるのかと思い静観していたけど日に日にミアの顔色が悪くなっている。

だけど理由も分からないのに無理矢理やめさせるのも抵抗がある。

そこで何かのきっかけになればとアリスさんを訪ねた。

無駄な情報を省いて全部伝えた。

「ふむ……そうだね……」

アリスさんは湯吞に口をつけてお茶を一口飲んだ。

そして、少し考え込むようにしてから言ってきた。

「ミア君が食事制限をしようと思った原因だけど、心当たりがある」

その言葉は意外だった。

もしかしてミアはダイエットの前にここに来たのだろうか?

「あの、もしかして何か良くない病気とか……」

ぞっとするような想像が脳裏を過ぎる。

俺が恐る恐ると言った感じで尋ねるとアリスさんは違うと苦笑しながら否定してくれた。

「そうですか……」

よかった。

でもそれなら何があったのだろう？

俺はアリスさんにその心当たりとやらを聞くことにした。

「ミア君が一週間ほど前にここに来てね、いつもと同じように手伝ってくれたんだ」

俺はアリスさんに怪我を診てもらったことがある。

お金は払ったがそれでも恩は恩だ。

そのため俺とミアは当初の約束通り手伝いをたまにしているというわけだ。

「だけどちょっと元気がなくてね、心配だったたから理由を聞いたんだ」

ふむ、だからアリスさんは原因を知ってるんだな。

「そこで聞きたいんだけど、ミア君が君より早く起きた日がなかったかい？」

「……？　はい、ありましたけど？」

確かに一週間ほど前にミアが俺より早く起きた日があった。

ミアは朝が弱く基本俺よりも遅く起きることがほとんどだ。

珍しいことだったたので覚えている。

「そこでミア君は君の寝言を聞いてしまったらしい」

「……寝言？」

「ああ、『ミア……食べすぎ……』と言っていたらしい」

「……」

もしかしてこの前奴隷商で首輪を新調したときのことか？

そういえばあれは丁度ミアがダイエットを始めた時期と一致する。

確か奴隷商の人にミアはよく食べると言ってしまっていた。

その時のことを俺は夢に見てしまったのだろうか。

「だからだと思うよ」

「ああ……」

でもミアらしいと言えばミアらしい。

俺の寝言をそこまで気にしていたのか。

というか俺のせいだったのか。

「え、でもそれだけのことであんなに頑張ってるんですか？」

「それはたぶん他ならぬ君の寝言だったからだと思うよ」

ああ、もしかして俺の懐事情を考えてくれたのだろうか？

ミアはよく俺を基準に行動する。

今回もそういうことなのだろうか。

「なんか、ズレたこと考えてそうだが……まあいいか」

んん？　違うのか？

よく分からないけど、今はそれよりも気になることがあったため、そちらに関しては気にしないことにした。

「でも、それならどうすればいいんですか？　体に悪いからやめさせたいんですが、無理に言うことを聞かせるのも駄目な気がして」

「んー」

そこでアリスさんは腕を組んで考え込む。

するとしばらくしてこういうのはどうだろうと、ある情報を教えてくれた。

◇◇◇

「ご馳走さまです、今日も美味しかったです」

その日の夕方。

ミアがスープを少量、パンとサラダを僅かに食べたところで終わりを告げてきた。

それを見て俺はミアに言う。

「ミア、ダイエットなんだけどやめた方がいいと思う」

するとミアは予想通り抗議してきた。

「いえ、ご主人様、小食の私には今までが食べすぎだったんですよ」

やたらと小食アピールをしてくるミア。

やっぱり俺が原因なのか……そんなに余裕がないように見えるのだろうか？

ミアを食べさせれるくらいの余裕はあるのに。

「ミアは太ってないよ、健康状態も丁度いいと思う」

しかし、ミアはそれでも悩んでいた。

それでも……と、空腹に耐えて小食だと涙ぐましく伝えてくる。

ならばとアリスさんから聞いた情報をそのままミアに伝えた。

「ダイエットって胸の脂肪から落ちていくらしい」

「え」

ちなみにこれは迷信かどうかは分からない話だ。

だけど実際にそういうことも王都などでは研究されているらしい。

まだ真偽は分からないけど、ミアにとっては無視できない情報だろう。

「そ、そんな……」

ミアは自分の胸にちらりと視線を落とした。

そして、なぜか俺を見てくる。

その後また胸を見て、じわりと瞳に涙を滲ませた。

「やめます……」

こうしてミアのダイエット（?）は終わりを迎えた。

「おかわりは？」

「します……あ、多めでお願いします」

巻末SS2　お酒

「どうしようか……」

「どうしましょう……」

事の発端は今日の昼過ぎ。ゴブリンの群れに襲われている商人の馬車を見かけたのだ。

当然そのまま見過ごすことなどできるわけもなく、護衛の人に加勢して助けに入った。そしたら商人の男性がせめてものお礼にとお酒をくれたのだ。

まあその際に街までの護衛を頼まれたのだがそこは割愛。

問題はこの目の前にある高級そうなお酒だった。壺の中からは強いアルコールの匂いが漂ってくる。

「お酒か……ほんとにどうしようか」

俺は未成年……お酒が飲めるのは15歳からなのでまだ無理だ。かと言ってせっかくお礼に貰ったのに高そうだからと売るのは失礼だろう。

「飲んでみないか？」

「そうですね……せっかく頂きましたからね」

ミアに飲んでもらって感想を聞くことに。

器を用意して半分ほど注ぐ。ミアは初めてのお酒ということで少し緊張気味だった。

「では……」

緊張した様子でお酒をこくんと口に含んで飲み込んだ。

ミアはうへ……と顔をしかめる。

「うぅ……熱いです……変な味がします……」

「美味しくないのか？」

「美味しいかどうかは分かりませんが、あまり飲みたいとは思えませんね」

お酒は慣れれば美味しいと聞いたことがある。つまり慣れないと美味しくないってことだろう。

ミアに口直しに水でも飲ませようと思って水を用意する。

「……ミア？」

だけど俺がそこに戻るとミアの様子がおかしいことに気付いた。

なんか俯いている。

「ひっ……ぅ」

どうしたのかと思っているとしゃっくりのような声を出した。

「ごひゅじんさま〜？」

「……」

舌が全然動いてない。呂律が回らずその目はとろんと蕩けている。顔も真っ赤だ。もしかして……酔ったのか？　あれだけの量で？

「だ、大丈夫か？　ほら、水でも……」

「ごしゅじんひゃまっ！」

するとミアは目を見開いて俺をビシッと指差して言い放った。

「おねえひゃんって！　よんれくらさい！」

「……ミア？　大丈夫か？」

どうしたんだいきなり。

俺が訝しんでいるとミアは回っていない舌で大丈夫です！　と言ってバンバンと机を叩く。

「ごしゅじんしゃまは！　年下なんれす！　おねーひゃんって、よばないとらめなんれす！」

えーと、年下だからお姉ちゃんって呼ばないと駄目ってことか？　どうした……いや、ほんとにどうしたんだミア。

悪酔いする人間はストレスが溜まっていると聞いたことがある。ミアも何かしら溜まっていたのかもしれない。それなら少しは付き合うのも良いだろう。

「お姉ちゃん」

俺がそう言うとミアは「はう!?」と、胸を抑えた。

「お、おい？　ミア？　だいじょ、っぷ!?」

近付いた途端に急に抱きしめられる。

ミアの胸の膨らみが当たって……いや、それよりなんだいきなり!?

「うへへへへ、ごひゅりんしゃまは弟なんれすから、おねえひゃんの抱き枕なんれす～」

「ミア……ちょ、苦しい」

力が強い。しかも関節をがっちり抑えられていて抜けだせない。

酔っぱらってるのになんだこの技は。

「すー……すー……」

「え!? 寝たの!? ちょ、せめてこれ解いてくれ! ミア? ミアさん!?」

そのまま俺はミアの抱き枕になって一晩を過ごすのだった。

◇◇◇

「うぅ……頭が痛いです……がんがんします……」

翌朝ミアは何も覚えていなかった。ミアにあんなに悪酔いする癖があったなんて……

ミアに水を飲ませながら考える。

お姉ちゃんか……俺に姉弟とかはいなかったからな……そういうのに憧れがないと言えば嘘になる。

「しばらく寝てた方がいいだろう、何かあれば呼んでくれ」

今日は魔核集めはおやすみかな。

ミアにお酒を飲ませる時は気を付けよう……酔わせると危ない。

そう思いつつもお姉ちゃんだと言って年上ぶるミアも面白かったな、と。俺は二日酔いで頭を抑えるミアを見てそう思うのだった。

あとがき

初めまして、作者の猫丸です。

「借金少年の成り上がり」をお買い上げ頂き誠にありがとうございます。

まさか自分があとがきを書く日が来るとは……と驚いています。

小説家になろうに連載してから開始早々に大きな反響を受けて大変驚きました。そこからトントン拍子にアース・スターノベルのTさんから打診を頂き、右も左も分からぬ猫丸をTさんが夢の書籍化へと導いてくれました。


本作のイラストを担当して頂いた狐印さん。

以前からファンだったので、こうした形で関わることが出来たのはとても感慨深かったです。

この人に描いてほしいと言ってみたものの、まさか本当に描いて頂けるとは……と、とても驚いたのを覚えています。

素敵なイラストをありがとうございます！

あとは何を書けばいいのか分からないのでこの作品誕生のきっかけなどを。

私はとあるオンラインゲームをしています。

俗に言うネトゲというやつです。

友人と「ネトゲってお金があれば課金で何でもできるよね」みたいな話をして、もしファンタジーの中でも「課金制度があれば」という会話から生まれました。

そこからキャラを作って展開を考えて……そうしてできたのがこの作品の原型になります。

今流行りの軽い課金で楽しく強くなれるような、そんな雰囲気を描けていれば嬉しく思います。


ちなみに本作のヒロインのミアですが、実はとある作品のヒロインに感銘を受けて生まれました。

そこから忠誠心のある子は可愛い！という性癖によって考えられたのがミアになります。

作者は土下座が好きなのでミアはよく土下座をします。

たぶんこれからもすると思います。

少しでも可愛いと思ってもらえていたならば幸いです！


では最後に謝辞を。

読者の方々、出版社の方、御声をかけてくださったTさん。この作品が書籍化するにあたり協力して下さったいかぽっぽさん。

この作品に関わってくれた全ての方々に感謝を！
売れ行き次第ではありますが、２巻でもお会いできることを願っております！

本書を発行するにあたり、執筆アドバイスや書籍化作業にご協力を賜りましたいかぽっぽ氏に、格別のお礼をここに申し上げます。

ありがとうございました。　著者　猫丸

体はお金で出来ているって感じで

※QRコードは掲載サイト「小説家になろう」の作品ページへリンクされています

新作のご案内

脇役艦長の異世界航海記（著：漂月　イラスト：えっか）

「人生の主役は自分」とはいうけど、自分が主役だとは思えない。

そんな脇役の我々の期待を背負って、一人の脇役が船出する！　脇役をなめるな、おいしいとこ全部持っていけ！

異世界に迷い込み、無敵の飛空艦シューティングスター号を手に入れたお人好しのサラリーマン。艦長として無敵の力を手に入れたのに、やることは誰かの人助けばかり。そんな艦長を慕う仲間は、ポンコツ人工知能と天才少女、あと渋いペンギン。

「頼れる戦友」「大逆転の救世主」「恐るべき強敵」……様々な英雄譚に現れ、名脇役として大活躍する艦長。

英雄たちが憧れる英雄、「エンヴィランの海賊騎士」が主役になる日は来るのだろうか？

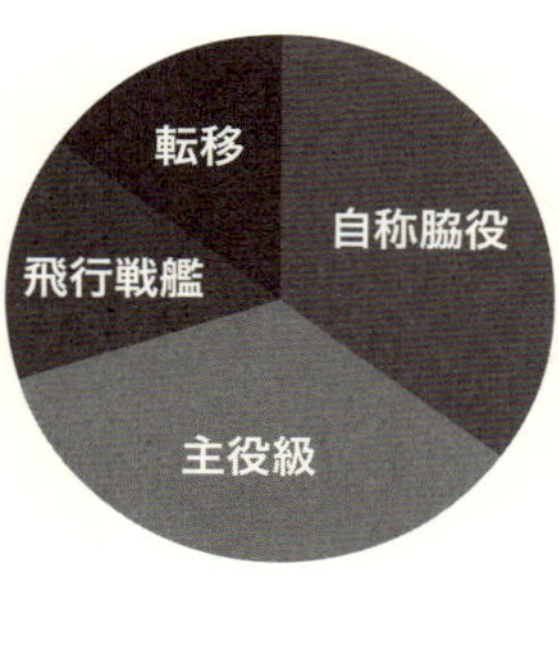

借金少年の成り上がり～『万能通貨』スキルでどんなものでも楽々ゲット～（著：猫丸　イラスト：狐印）

両親と何不自由なく幸せに暮らしていた少年、ベルハルト。しかしある日、両親が忽然と姿を消した。理由も分からず、糊口をしのぐために薬草を売り貧しい生活を続ける少年は1年後、両親の消えた理由を知らされた。

「ベルハルトさんには負債があります」

返済に窮したベルハルトは、宝が眠っていると噂の山へ入り、凶悪な魔物に襲撃されて死の淵を彷徨うことに……しかし、死を覚悟した少年の運命を変えたのは、突然入手したチートスキルだった。

お金さえあれば何でもできる『万能通貨』で、少年は借金生活を乗り越えていく！　ケモミミ美少女と共に歩む返済×冒険×ラブコメ乞うご期待……です。本作は自分が初めて投稿した作品かつ、初めての書籍化作品です。

この作品はファンタジー小説が好きで憧れていた自分が、「ネトゲの課金要素と異世界を組み合わせたら面白いのでは？」という構想を抱いたことから生まれました。貧しい主人公がお金でなんでもできるスキルを手に入れたら一体どうなるのか。ぜひ手に取ってください。

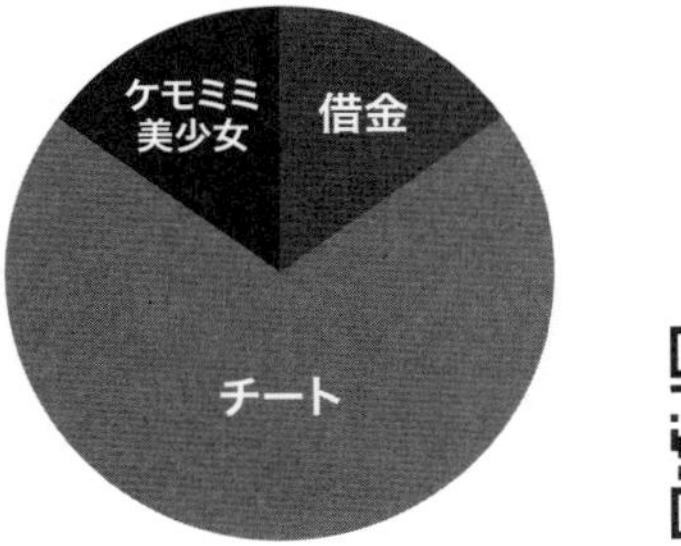

流星の山田君　―PRINCE OF SHOOTING STAR―（著：神崎黒音　イラスト：姐川）

若返った昭和のオッサン、異世界に王子となって降臨――！　不治の病に冒された山田一郎は、友人の力を借りてコールドスリープ治療を受けることに。

一郎が寝ている間に地球は発達したＡＩが戦争を開始し、壊滅状態に。

たゆたう夢の中で、一郎は願う。来世では健康になりたい、イケメンになりたい、石油王の家に生まれたい、空を飛びたい！　寝言は寝てから言え、としか言いようがない厚かましい事を願いまくる一郎であったが、彼が異世界で目を覚ました時、その願いは全て現実のものとなっていた。

一郎は神をも欺く美貌と、天地を覆す武力を備えた完全無比な王子として目覚めてしまう。

意図せずに飛び出す厨二台詞！　圧巻の魔法！　次々と惚れていくヒロイン！　本作は外面だけは完璧な男が、内側では羞恥で七転八倒しているギャップを楽しむコメディ作品です。ＷＥＢ版とは違い、１から描き直した完全な新作となっております。

平凡な日本人である一郎が、異世界を必死に駆け抜けていく姿を楽しんで頂ければ幸いです！

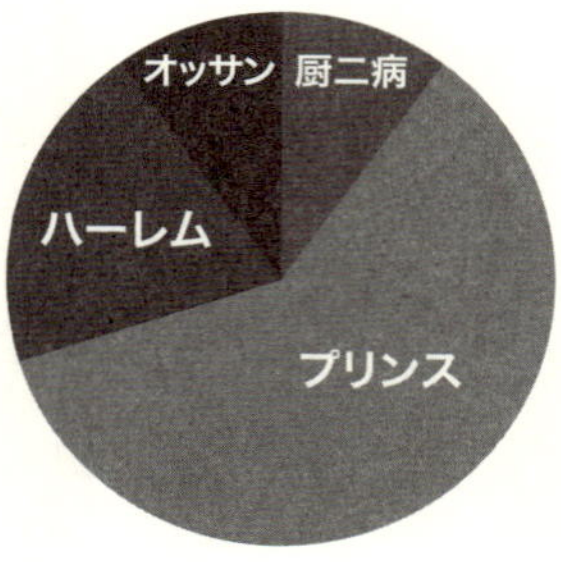

竜姫と怠惰な滅竜騎士　～幼馴染達が優秀なので面倒な件～（著：rabbit　イラスト：とぴあ）

竜と呼ばれる怪物が跋扈する世界。

いつも寝てばかりの怠惰な少年レグルスは、辺境の地で三人の幼馴染に囲まれてのどかな日々を過ごしていた。そんなある日、幼馴染たちは滅竜士として優秀な事が分かってしまい村を出て王都の学園へと入学することになる。

彼女たちはわざと試験に落ちたレグルスもあの手この手を使い一緒に王都に連れていくのだが、そこで彼らに降りかかってくる数多くの災難…。『竜』や『裏組織』といった強敵たちとの戦い。そして、レグルスが抱えていたとんでもない秘密。

優秀な幼馴染たちに囲まれ、日々『面倒だ……』と言いながらも皆を守るため影で活躍する。そんな怠惰系主人公とヒロインたちが面倒な件についてのお話。


「レグルス！」「お兄ちゃん！」「レグルスさん」

「…はぁ、面倒だ」

彼女たちのおかげで、今日も彼はサボれそうにない。

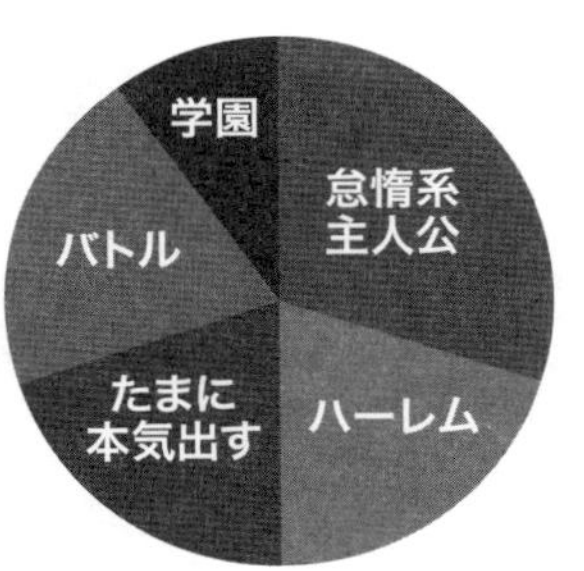

米国
カナダでも
No.1
ランキング
アニメ化
企画進行中の大人気作!!
私、能力は平均値でって言ったよね！
FUNA
私、能力は平均値でって言ったよね！
FUNA

日本の女子高生・海里《みさと》が、異世界の子爵家長女（10歳）に転生!?
出来が良過ぎたために不自由だった海里は、
今度こそ平凡な人生を望むのだが……神様の手抜き（?）で、
魔力も力も人の6800倍という超人になってしまう!
普通の女の子になりたい
マイル《海里》の大活躍が始まる!

Illustration 亜方逸樹
FUNA

私、能力は平均値でって言ったよね!

God bless me?

1～8巻、大好評発売中!

即死チートが最強すぎて、
異世界のやつらがまるで相手にならないんですが。
Tsuyoshi Fujitaka
藤孝剛志
Illustration
成瀬ちさと
Chisato Naruse
最新刊!!
①～⑤巻、好評発売中!

コミカライズも
好評連載中!!!
全ての敵が
即死する!!
高校の修学旅行中、バスの中で寝ていた高遠夜霧は、
クラスメイトの美少女、壇ノ浦知千佳に起こされて、目を覚ました。
すると——そこは異世界だった!
知千佳の話によると、クラスメイトたちは
賢者に《ギフト》と呼ばれる能力を与えられて旅立ったが、
能力に覚醒しなかった自分たちは、囮としておいていかれたらしい。
迫り来るのはドラゴン!!
いきなり大ピンチかと思いきや、実は、夜霧はこの世界の基準では
計れないほどの力、《即死能力》を持っていたのだ!!!
1
即死チートが最強すぎて、異世界のやつらがまるで相手にならないんですが。

EARTH STAR NOVEL

借金少年の成り上がり 『万能通貨』スキルでどんなものでも楽々ゲット！

発行 ———— 2018年8月16日　初版第1刷発行

著者 ———— 猫丸

イラストレーター ———— 狐印

装丁デザイン ———— 関善之＋村田慧太朗（VOLARE inc.）

発行者 ———— 幕内和博

編集 ———— 筒井さやか

発行所 ———— 株式会社 アース・スター エンターテイメント
〒141-0021　東京都品川区上大崎 3-1-1
目黒セントラルスクエア　5F
TEL：03-5561-7630
FAX：03-5561-7632
http://www.es-novel.jp/

印刷・製本 ———— 大日本印刷株式会社

© Nekomaru / KOIN 2018 , Printed in Japan

この物語はフィクションです。実在の人物・団体・事件・地域等には、いっさい関係ありません。

本書は、法令の定めにある場合を除き、その全部または一部を無断で複製・複写することはできません。

また、本書のコピー、スキャン、電子データ化等の無断複製は、著作権法上での例外を除き、禁じられております。

本書を代行業者等の第三者に依頼してスキャン、電子データ化をすることは、私的利用の目的であっても認められておらず、著作権法に違反します。

乱丁・落丁本は、ご面倒ですが、株式会社アース・スター エンターテイメント 読書係あてにお送りください。

送料小社負担にてお取り替えいたします。価格はカバーに表示してあります。

ISBN 978-4-8030-1214-9